MICHAEL MARKARIS

MYKONOS LOVE STORY 11

Der tote Archäologe

AF186683

Michael Markaris

MYKONOS LOVE STORY 11

Der tote Archäologe

Bei allen MLS-Büchern wurde der Drucksatz
von griechischen Setzern erstellt. Da diese
natürlich keine Fehler in Deutsch erkennen,
„rutschen" manche Fehler durch. Dafür
landen zumindest einige Euro bei
unterbezahlten Setzern.

Impressum
Titelbild: Istockphoto
Copyright Paul Katsitis 2019
ISBN 9783748194309
Herstellung und Verlag: BoD -
Books on Demand Gmbh

Personenregister

Paul Markaris, 54, vorm. Pandis
Hauptkommissar auf Mykonos, verheiratet mit
Angelos Markaris, 29, Scharfschütze beim
Geheimdienst EYP und Pauls Ehemann
Yannis
Pauls Stellvertreter bei der Polizei
Nikos
Abteilungsleiter beim EYP und Angelos´ Chef
Richter Mantzaris
Amtsrichter auf Mykonos
Sokrates
Bürgermeister der Gemeinde Mykonos
Katsakis
Pathologe
Miguel
Junger Hotelbesitzer, 22, und schwer verliebt in
Angelos
Uri
Agent beim Mossad und enger Freund der beiden
Kostas I.
Besitzer des Nachtclubs „Scorpio´s"
Kostas II.
Hafenmeister
Dr. Karamanlis, Chefarzt der Klinik

Für Angelos

PROLOG

„Sag mal, können die nicht mal nach Hause gehen?",
fragte Paul. „Oder wenigstens ins ‚Scorpio´s‘?" Noch
immer saßen gut zwanzig Gäste im „Golden Eye".
Angelos lachte.

„Na, du bist mir ein schöner Barmann! Will keine
Gäste, aber deren Geld."
Angelos lachte.
„Du hast ja recht. Und hier pfeifen uns wenigstens
keine Kugeln um die Ohren. Und mein Mann liegt
nicht öfter im Krankenhaus als auf der heimischen
Couch!"
„So ist es. Endlich herrscht Friede im Hause
Markaris. Und in unserem Privatdetektivbüro
nehmen wir nur harmlose Fälle an", antwortete
Angelos.
Ob das so einfach ginge, bezweifelte Paul zwar, aber
wenn sich ein Auftrag in die falsche Richtung
entwickeln sollte, könne man immer noch einen
Rückzieher machen.
„Nur mit der Bar kommen wir nicht zurecht. Die hat
einen Großteil unserer Mittel aufgefressen.
Außerdem sollen deine grauen Zellen ja nicht
einrosten. In deinem Alter geht das schnell mit der
Demenz."

Paul warf den nassen Spülschwamm in Richtung Angelos.

„Unverschämter Kerl!", meinte Paul.

„Ich liebe dich auch", sagte Angelos lachend.

Noch drei Monate vorher sah die Welt ganz anders aus.

1
Drei Monate zuvor

Paul und Angelos Markaris konnten ihr Haus in Ftelia endlich beziehen. Zum zweiten Male. Das erste Mal dauerte ihre Anwesenheit gerade mal zwei Tage. Dann war es teilweise abgebrannt.
Natürlich Brandstiftung!
Natürlich? Ja nun, beide waren Ermittler und hatten nicht immer mit der crème de la crème der Gesellschaft zu tun.
Die Einheimischen auf Mykonos wären nicht das Problem. Auch nicht die Zehntausende von Gästen aus aller Welt, die die Kykladen-Insel über-schwemmten.

Es waren die Herren Kriminellen aus aller Welt, die sich zwei Tatsachen zunutze machten: einen Hafen, der praktisch nicht kontrolliert wurde. Und eine Polizeistation, besetzt mit vier Mann und des Weiteren einem Vertreter des EYP, des griechischen Geheimdienstes, der immer dann eingriff, wenn es über „normalen Mord" hinausging. Meist ging es dabei um Drogen – um was sonst. Die Kombination aus dem faktischen „Freihafen" und der Lage in der Ägäis mit direktem Anschluss nach Zypern, Libanon und Syrien, machte Mykonos sehr attraktiv. Von dort konnte man alles zollbereinigt nach Piräus, dem Athener Hafen, schicken. Oder auf der Insel verteilen. Denn die High Society, die auf Mykonos verkehrte, war ein begieriger Abnehmer. Da den Reichen der Preis egal war, entfiel das Feilschen auf der Straße in Athen oder Saloniki. Und die Margen waren deutlich höher. Zudem hatte man unzählige Verkaufsstellen: Clubs, Bars und Restaurants.

Neben Drogen gab es auch den einen oder anderen Versuch des Waffenschmuggels.

Mit Syrien in der Nähe keine Überraschung.

Kurzum: als Ermittler konnte man sich über mangelnde Arbeit nicht beschweren.

Aber gewaltig über das Gehalt. Als Hauptkommissar verdiente Paul Markaris gerade 990 Euro, auf einer teuren Insel praktisch nichts. Zum Glück war das Gehalt seines Mannes Angelos beim Geheimdienst erheblich höher. Und sein Vermögen auch. Pauls Vermögen hatte unter 25 Jahren Ehe mit einer verschwenderischen Frau kräftig gelitten. Nach der Scheidung war er praktisch bankrott.

Als er mit 53 zum Schwulsein gezwungen wurde – sein Mann Angelos hatte ihn schlicht zum Zungenkuss mit anschließendem Verkehr „genötigt" – war er pleite. Das war aber nicht der Grund, warum er den Antrag Angelos´ annahm. Er war schlicht verliebt und zwar komplett. Nicht einmal der Unterschied von 25 Jahren konnte es verhindern. Wenn es dem 28-jährigen Angelos egal war – warum sollte er sich dann Gedanken machen? Natürlich führt ein Coming-Out mit 53 zu Schwierigkeiten, vor allem auf einer kleinen Insel. Von seinen Schwierigkeiten ganz zu schweigen. War er nun wirklich schwul oder war es schlicht der Mensch Angelos, der ihn anzog? Und wie bitte macht man schwulen Sex? Seine Bedenken waren unbegründet. Angelos führte ihn behutsam und zärtlich über die Brücke ans andere Ufer. Und Paul war glücklich.

Im Großen und Ganzen hatten sich die Menschen daran gewöhnt.

Wenn nicht auf Mykonos – wo dann?

2

„Zweiter Versuch, mein Großer", sagte Angelos, als sie die letzte Ladung von ihrem Provisorium in ihr richtiges Haus fuhren. Ein Freund hatte ihnen ein leerstehendes Haus überlassen. Keine große Überraschung, denn der Freund war unsterblich in Angelos verliebt.
Allerdings chancenlos. Angelos zeigte keinerlei Interesse an anderen Männern, was Pauls chronische Eifersucht langsam schwinden ließ.

„Ich denke, auf eine zweite Einweihung können wir verzichten", sagte Angelos lächelnd.
„Angesichts der Tatsache, dass du auf der letzten den Hafenmeister angebaggert hast und später

beim Sex auf mir eingeschlafen bist", würde ich…"

Weiter kam Paul nicht.

„Schon verstanden. Nachtragend?"

Paul nahm Angelos in den Arm und küsste ihn auf die Wange.

„Ach was! Du warst angeheitert und ich fand es witzig!"

„Und das mit dem Eingeschlafen auf dir vergiss endlich. Ich bin eine Sexgranate. Punkt!" Das ernste Gesicht Angelos brachte Paul zum Lachen.

„Dann kannst du das ja in der zweiten Einweihungsnacht unter Beweis stellen!", sagte Paul.

„Als ob ich das beweisen müsste. Sonst irgendwelche Beschwerden?"

„Aber niemals. Für mich bist du der Größte, ganz im Ernst! Und das weißt du!"

„Ja, das weiß ich. Trotzdem schön, dass du es mitunter erwähnst!"

Paul lachte.

„Ich lobpreise dich jeden Tag!"

„So wollen wir es auch lassen. Also: hinein in unser Reich!"

„Unser Reich!" Davon hatte Paul geträumt.

Das Zeichen, dass Angelos bei ihm bleiben würde. Das Haus war ein Geschenk von Angelos´ Eltern und Angelos selber. Zu Pauls Geburtstag. Noch heute könnte er bei dem Gedanken daran weinen. Unser Reich.

Im Inneren war alles wieder wie vor dem Brand. Alles neu gefliest, gestrichen, die Möbel ersetzt.
Beim ersten Rundgang stellten die Herren fest, dass die Handwerker erstaunlich gute Arbeit geleistet hatten.
Bei einem Hauptkommissar empfiehlt sich das auch. Denn schnell ist die Steuerfahndung im Haus, wenn der Siphon leckt. Paul war da unmissverständlich.
Die einzige Änderung war die Heizung der Fliesen in der Dusche. Paul und Angelos liebten Sex in der Dusche und der war mit warmen Fliesen im Rücken viel relaxter.
Paul Markaris, Hauptkommissar, war glücklich.
Endlich lebte er im eigenen Haus mit seinem eigenen Mann.
Und auch Angelos war selig. Das erste Haus ist immer etwas Besonderes, vor allem für einen Mann. Wichtiger aber war, dass er Paul hatte. Angelos liebte ihn über alles, vielleicht mehr, als Paul ihn. Tief im Inneren war er verletzlich und unsicher – vollkommen ohne Grund. Er war das, was man gemeinhin als schön bezeichnet, klug und humorvoll.

Aber das Gefühl, tatsächlich etwas wert zu sein, gab ihm Paul. Dessen Liebe und Hingabe war der Motor, der Angelos antrieb.

3

„Huhaha"
Paul hing an Riemen an der Wand und bekam Peitschenhiebe auf Rücken und Gesäß. Man konnte unschwer die Riemen und Streifen erkennen.
Allein: er reagierte nicht wie erwünscht.
„Würdest du bitte aufhören zu lachen, während ich mich hier abmühe?", sagte Angelos.
„Entschuldige. Huhaha. Ich muss halt lachen. Ein Kommissar, der ‚Bestrafe mich!' schreit, ist doch zu komisch. Huhaha!"

Angelos legte etwas mehr Kraft in den Hieb.

„Aua. Huhaha!"

Angelos warf die Peitsche in die Ecke.

„So wird das nichts", brummte er. Drei Sekunden später begann er zu lachen.

„Ich sollte dich zur Strafe dort hängenlassen!"

„Unterstehe´ dich. Huhaha. Ich weiß auch nicht, warum ich lachen muss. Entschuldige. Huhaha!"

Lachend band Angelos ihn los.

Und auch das liebte Angelos an seinem Paul.

Sex mit ihm war kein Wettbewerb, nichts, was man bierernst nahm. Erst mit ihm lernte Angelos, dass man beim Sex auch lachen darf und muss.

Und das taten sie ausgiebig.

„Na, dann gehen wir lieber in die Dusche, mein alter Mann?", fragte Angelos und grinste.

„Viieeeelll besser", japste Paul.

In der Dusche übernahm Paul zunächst das Kommando. Angelos Körper war vollkommen makellos. Sein Geschlechtsteil vollkommen gerade, ohne riesige Adern oder Haarwurzeln. Gerade, glatt und schön. Vom muskulösen Körper ganz abgesehen. Und wie immer, wenn man etwas Schönes besitzt, hat man Angst, es zu verlieren. Ohne dies hier könnte ich nicht weiterleben, dachte Paul.

Und mein Paul gibt heute wieder alles, dachte Angelos, bevor er einen lauten Schrei von sich gab.

Am nächsten Morgen saß Paul am Küchentisch und war totunglücklich. Angelos kam herunter.
„Was ist denn mit dir los?"
„Ach nichts!"
„‚Ach nichts' gibt es bei uns nicht, schon vergessen?", sagte Angelos.
„Es ist wegen deinem Geburtstag nächste Woche. Ich könnt´ heulen, weil mir nichts einfällt, was nur annähernd an meinen Geburtstag heranreichen könnte."
Angelos umarmte Paul von hinten und küsste ihn auf den Kopf.
„Oh, Paul. du brauchst kein großes Programm aufstellen. Es ist für mich ein ganz normaler Tag. du bist mir Geschenk genug!"
„Für mich war es kein normaler Tag. Es war definitiv der schönste Geburtstag meines Lebens!", sagte Paul leise.
Nicht jeder bekommt zum Geburtstag ein Haus und ein Feuerwerk geschenkt.
„Ich hoffe nicht nur wegen des Sex´ auf Delos", antwortete Angelos. Paul musste lachen.

Damals hatten sie im Eifer des Gefechts eine wertvolle Löwenskulptur vom Sockel gestoßen. Als Hauptkommissar präsentierte Paul der Öffentlichkeit einen durchgedrehten Esel als Täter. Beim Fototermin bewegte sich der angeblich irre Esel aber keinen Schritt.

„Um diese Situation zu vermeiden, hatte ich für meinen Geburtstag einen Urlaub gebucht und dir nicht erzählt, wohin es geht. Damit du nichts organisieren kannst und musst. Dass der Flug gestrichen wird, konnte ja keiner ahnen. Und ich wollte wo ganz Spezielles hin. Also entspann dich und vergiss den Geburtstag!"

„Das wird wohl kaum gehen", sagte Paul resignierend.

4

Edmund Montez litt unter der sengenden Hitze. Zwar bewegten sich die Zeiger der Uhr bereits auf 19 Uhr zu. Doch gerade aus dem flachen Winkel über dem Meer erwischte die Sonne einen praktisch überall. An allen Stellen seines Körpers fühlte er ein Brennen. Er war seit 11 Uhr auf dieser verfluchten Insel, auf der es fast keinen Schatten gab. Keine Bäume, keine richtig hohen Mauern, nichts.

Hut, Sonnenschutzcreme und vier Liter Wasser waren Vorschrift – allein, nichts half. Man fühlte sich abends wie ein Brathähnchen.

Montez stöhnte. Er blieb hinter einer dünnen Säule stehen und machte Rast.

Warum nur musste ausgerechnet er den Ausgrabungsplatz am Kynthos betreuen?

Es war der höchste Ort auf der Insel. Wie unter einem Brennglas saß man dort oben.

Delos. Traum jedes Archäologen. Zumindest derer, die im Vorlesungssaal standen oder sich in Museen ihren Studien widmeten.

Die armen Schweine vor Ort, wie Montez immer sagte, kämpften dagegen einen ständigen Kampf um die eigene Gesundheit. Und gegen den ewigen Staub. Der Boden auf Delos hatte die Konsistenz von Beton. Ihm war nichts zu entlocken und selbst nach minutenlangem Wässern zeigte sich keine Veränderung. Nach Minuten erst krachte es leicht und die Erde bequemte sich zu öffnen. Ohne sofortiges Nachwässern war man verloren. Hitze und Sonne verschlossen das Loch sofort wieder. Es war ein permanenter Kampf unter unsäglichen Bedingungen. Und war man mal entscheidend vorangekommen, so ging einem das Wasser aus und man musste wieder hinunter zum Wasserplatz.

Gott, wie er die Kollegen beneidete, die am alten Theater oder in der Arena arbeiten durften. Eben und Schatten in der Nähe. Vor allem hatten die Anderen schon seit 18 Uhr Schatten.

Delos. Auch einer seiner Träume. Wo gibt es schon eine Ausgrabungsstätte, die eine ganze Insel umfasst und die hermetisch abgeriegelt war? Niemand durfte die Insel nachts betreten. Musste auch niemand, denn Delos war unbewohnt.

Vor 2000 Jahren lebten hier 80.000 Menschen auf engstem Raum. Auf einem Eiland, das nur knapp über einem Kilometer lang und 600 m breit ist. Der Platz war so kostbar, dass es verboten war, auf Delos Leichen zu bestatten. Den Friedhof verlegte man nach Rinia, auf die Nachbarinsel.

Delos war ideal gelegen, im Zentrum der Ägäis. Von allen Inseln und selbst aus Athen und Antiochia kamen die Händler. Auch religiös war die Insel bedeutend. Die größten Tempel standen hier und nicht in Athen – sehr zum Missfallen der großen Stadt.

Dann kamen Seuchen, Hunger, Eroberer – die üblichen Gründe für den Niedergang jeder Hochkultur.

Und wahrscheinlich wurde es ihnen zu warm, dachte Montez. Von seinem Platz aus konnte er Mykonos sehen, gerade einmal einen Kilometer entfernt. Menschen, die am Strand lagen und sich im Meer erfrischten.

Und er schwitzte sich hier zu Tode.

Alles nur, weil man oben auf dem verfluchten Berg eine venezianische Münze gefunden hatte. Was eigentlich nicht sein kann. Zwar stand Mykonos (und damit Delos) über hundert Jahre unter der Herrschaft Venedigs, aber auf Delos hatte sich nie ein Eroberer niedergelassen. Zu lebensfeindlich, denn hier gab es kein Quellwasser und wachsen tat hier auch nichts. Den Archiven nach war nie ein venezianisches Schiff auf Delos.

Als er von dem Nationalmuseum in Athen den Auftrag bekam, den Fund vor Ort zu überprüfen, hatte er sich zunächst gefreut. Heraus aus dem Büro und praktische Arbeit leisten. Und dann er, der gebürtige Franzose und kein Grieche! Das war ungewöhnlich und eine große Ehre.

Bis er herausfand, dass sich alle Kollegen geweigert hatten, nach Delos zu gehen.

Im Winter eiskalt durch den russischen Nordwind, der ohne Hindernis über die Insel fegt, im Sommer sengende Hitze ohne Ende.

Er hätte es spätestens merken müssen, als er in Mykonos von Bord der Fähre ging (selbst da hatte man gespart). Der Bootsführer machte ein mitleidiges Gesicht, als Montez ihm erzählte, er bliebe mehrere Wochen auf Delos.

„Viel Wasser, viel Zucker und Lichtschutzfaktor 100", war der einzige Kommentar. „Und hinterher zwei Wochen Urlaub in einem kühlen Keller".

Eduard Montez packte seinen Rucksack und ging den Trampelpfad hinunter. Ihm war schwindlig. Kein Wunder, er bewegte sich jeden Tag nahe am Hitzschlag. Langsam laufen und auf den Boden schauen, hieß die Devise.

Unten angekommen lief er an der Löwenskulptur vorbei, die vor kurzem unter mysteriösen Umständen vom Sockel fiel. Ein Esel! Dass ich nicht lache! Von Mykonos hierher geschwommen! Die Strömung hätte ihn sofort ins Meer hinausgetrieben.

Einige seiner Kollegen arbeiteten noch. Greenhorns, denen man schon bald die Hörner stutzen würde. Vor allem, wenn sie ihr erstes Gehalt bekommen würden. Wissenschaftler im öffentlichen Dienst heißt in Griechenland: ein Leben in äußerst bescheidenen Verhältnissen. Familie? Unmöglich. Gott sei Dank war seit gestern seine Freundin hier. Eleni würde ihn heute Abend wieder aufbauen. Er war frisch verliebt – in eine Angestellte der Verwaltung. Keine griechische Schönheit im antiken Sinne. Aber sie passte einfach gut zu ihm und interessierte sich auch für seine Arbeit.

Sie würden Essen gehen und dann eine wilde Nacht haben. Schließlich waren sie jetzt drei Wochen getrennt.

Eine lange Zeit.

In der sich einiges ereignet hatte.

Er hatte einen furchtbaren Fehler begangen, den er bereute.

Sein Leben und das von Irini war mehr als bedroht. Der Mann hatte ihm mit furchtbaren Schmerzen gedroht. Den abgetrennten Arm in der Kiste bekam er auch nicht aus dem Kopf.

Andererseits waren nun schon einige Tage vergangen und nichts war passiert.

War der Andere vielleicht doch nur ein Blender und Angeber?

Er ging an einer antiken Wand vorbei, als er es knirschen hörte. Seltsam. Wo kam das her?

Er blickte nach oben.

Da war der zentnerschwere Block noch einen halben Meter von ihm entfernt.

Zum Denken kam Eduard Montez nicht mehr.

Der Stein traf ihn beim Hochsehen an der Stirn und brach ihm zuerst das Genick. Dann zertrümmerte der Quader den Rest des Schädels.

Er war der erste Tote auf Delos seit 2000 Jahren.

5

Noch war Paul guter Laune. Die Nachricht vom Tod des Archäologen hatte ihn noch nicht erreicht. Und so hatte er noch eine Stunde Ruhe.

Und freute sich darüber, dass ihm ein Geschenk für Angelos eingefallen war.

Es erfüllt das Kriterium „ausgefallen" auf jeden Fall. Es war tatsächlich so außergewöhnlich, dass die Verwirklichung enorm schwierig war. Erst musste er sich stundenlang durch das Internet quälen. Als er dann den nötigen Kontakt hatte, bedurfte es größerer Überzeugungsarbeit, um diesen Idioten klarzumachen, dass er es vollkommen ernst meinte mit seiner Bestellung. Als die Dame ihm am Telefon den Preis nannte, wäre er fast in Ohnmacht gefallen. Doch die Frage nach einer Rechnung führte bei der Gesprächspartnerin zu größerem Stottern. Da war sie: die Möglichkeit, Geld zu sparen. In Wirklichkeit sei er von der Steuerbehörde, das Gespräch aufgezeichnet. Aber er könne darüber hinwegsehen, wenn man ihm mit dem Preis entgegenkommen würde, womit man seltsamerweise einverstanden war.

Es war ein ungewöhnliches Geschenk, zumal er selber mit Hand anlegen musste.

Hätte man ihm vor zwei Jahren erzählt, dass … er hätte es nicht geglaubt.

Nun war nur noch eine Hürde zu nehmen: Angelos. Es musste ihm gefallen, denn es war *sein* Geburtstag. Aber intuitiv ahnte Paul, dass es ein Treffer werden würde.

„Was bist du denn so nervös?", fragte Angelos amüsiert.

„Ich … äh, es geht um deinen Geburtstag, Großer!"

„Ich habe dir doch gesagt. Ich brauche nichts. Ich habe ein Haus, ein tolles Auto, ich habe dich!", antwortete Angelos und bemerkte den Fehler sofort. „Natürlich in umgekehrter Reihenfolge!"

„Gerade noch einmal die Kurve bekommen", meinte Paul lachend.

„Also, setz dich. Aber versprich mir, dass du mir nicht böse bist. Es ist entweder ein Treffer oder ein voller Griff ins Klo!"

Paul zögerte.

„Raus damit. Mehr als ‚gefällt mir nicht' sage ich nicht."

„Aber bitte lass mich ausreden!"

„Tue ich das nicht immer?", fragte Angelos.

„Doch. Stimmt, du hörst immer erst zu. Also: ich denke, dass du eine exhibitionistische Ader hast. du hast gerne Sex an ungewöhnlichen, manchmal unmöglichen Orten. Mit Schrecken denke ich an den Beichtstuhl!"

Angelos lachte laut.

„Du erzählst in der Öffentlichkeit gerne über unser Sexualleben. Ohne jede Scham. Während ich regelmäßig rot anlaufe. Das werde ich wohl nie los. Aber an sich gefällt mir das, weil ich prüde erzogen wurde. Und mir dadurch viel entgangen ist. Soweit richtig?"

Angelos überlegte. Diese Pausen liebte Paul. Der Andere denkt über das Gesagte nach und redet nicht gleich los – meist war das nämlich Unsinn. Oder es folgte ein Riesenkrach.

„Ja. du hast vollkommen recht! Und ich hoffe, es gefällt dir so!"

„Aber natürlich. Ich habe nie ‚nein' gesagt und ich mache es nicht nur dir zuliebe, sondern weil es mir gefällt!"

Paul holte tief Luft.

„Jetzt kommt der schwierige Teil. Ich denke, es hat mit deiner Vergewaltigung zu tun. Ich war 53, als es mir passierte. Jeder hat daran zu tragen. Aber einen jungen Mann trifft es ungleich härter. Er fühlt sich hinterher als halber Mann, weil ‚so etwas' einem Mann nicht passiert. Es wissen zwar nur wenige, was passiert ist, aber das Gefühl bleibt trotzdem. Man möchte der ganzen Welt zeigen, dass man ein richtiger Mann ist. Wobei da bei dir kein Zweifel besteht, um das klarzustellen."

Paul schaute Angelos fragend an.

„Und wie kommst du darauf?"

Die Frage verunsicherte Paul.

„Erstens bin ich Kommissar ..."

Angelos lachte.

„Und zweitens war ich letzte Woche bei einer Psychologin, die Vergewaltigungsopfer, auch männlich, betreut."

„Ah. Der geheimnisvolle Arzttermin in Athen!", brummte Angelos. „Und jetzt raus damit!"

„Also gut: ich habe eine Filmcrew engagiert.

Sie soll uns aufnehmen. Professionell. Nicht irgendein verwackeltes Homevideo. Richtige, Kameras, Beleuchtung. Sie kennen unsere Vorlieben und machen ein Skript. Das einzige Problem: eine Duschwand muss weg. Du kannst es ins Internet stellen oder verschenken. Auf der Insel von mir aus auch. Mein Ruf ist ohnehin ruiniert. Vielleicht ist es offen besser, als wenn die Dinger unter der Hand kursieren. Und jetzt gehe ich ganz schnell zur Türe raus und du denkst nach. Ist es eine blöde Idee, dann verzeih mir!"

Paul rannte zur Tür und stand endlich im Freien. Wie würde er reagieren?

Plötzlich war Paul sich gar nicht mehr so sicher. Er müsste wissen, was es mich an Überwindung kostet. Nach wenigen Minuten kam er zurück und sah Angelos noch am selben Platz sitzen wie vorher. Er hatte Tränen in den Augen.

Mist! Es war in die Hose gegangen.

„Oh Gott. Ich bin doch ein Küchenpsychologe. Verzeih´!"

Angelos schüttelte den Kopf.

Er stand auf und umarmte Paul von hinten.

„Oh du Idiot. du hast den Nagel auf den Kopf getroffen. Ich habe es wohl selbst nicht sehen wollen oder können. Es stimmt. Und das wird das beste Geburtstagsgeschenk meines Lebens. Vor allem, dass du dabei mitmachst!"

„Na, so unansehnlich bin ich auch wieder nicht!"

„Nochmal Idiot. Wäre ich mit dir zusammen, wenn du hässlich wärst? Ich meine, du bist von Haus aus schamhaft. Das muss Überwindung kosten. Aber ich finde es großartig!"

„Gott sei Dank. du sagst das aber nicht aus Höflichkeit, oder?", fragte Paul.

„Nein. Ich freue mich tierisch darauf. Wie lange soll es dauern?"

„Na, so 30 Minuten, dachten die!"

„Uiii. Das schaffe ich nie", sagte Angelos gespielt ernst.

„Angeber!"

„Kannst du dich erinnern? An deinem Geburtstag hatten wir eine Uhr in der Dusche, damit wir Mitternacht nicht verpassen. Es waren 27 Minuten, aber nur, weil …"

„… ich versagt habe und drei Minuten zu früh kam. Schuld warst du, weil du so Gas gegeben hast!", meinte Paul.

„Ich würde sagen, die sollen mal 40 Minuten einplanen. Und heute Nacht wird geübt!"
Angelos grinste.

6

Doch die Gespräche über das Filmprojekt fanden ein jähes Ende. Das Handy brummte.

Es war Maria von der Polizeistation. Seitdem der Hauptkommissar auf Home-Office umgestellt hatte, war er nur noch seltener Gast im Büro.

„Chef, es gibt einen Toten. Auf Delos. Ein Mann wurde von einem Stein erschlagen!"

„Ja und? Was haben wir damit zu tun? Sicher ein doofer Tourist!"

„Nein. Einer der Archäologen. Und es war ein großer Stein. Der Schädel wurde komplett zerquetscht. Der Leiter der archäologischen Station läuft Amok und meint, der Stein könne nicht einfach so gefallen sein!"

Das kann er sehr wohl, dachte Paul, das habe ich selbst bei dem Löwen erlebt. Angelos hatte nur ein wenig „geschoben!"

„Reden wir von einem Stein oder einem Quader?"

„Ah! Genau das war das Wort!", sagte Maria.

Dumme Nuss.

Das bedeutet, ich muss auf ein Boot. Etwas, das Paul hasste, weil er schon beim Anblick eines Schiffes seekrank wurde, selbst bei einer Strecke von nur einem Kilometer.

„Mist! Sag dem Hafenmeister, ich brauche ein Boot nach Delos. Und er soll die Ausflugsschiffe sofort stoppen oder zurückholen!"

„Alles klar, Chef. Soll ich die Pathologie vorwarnen?", fragte Maria.

„Nein. Erst muss ich mir die Leiche ansehen!"

Ist sie sehr beschädigt, würde Katsakis toben.

Das tat er immer.

Verflucht. Und das eine Woche vor Angelos´ Geburtstag. Als ob er nicht genug zu tun hätte.

„Angelos! Wir haben leider Arbeit. Und noch dazu auf Delos!

„Soll ich alleine hinfahren? Dir wird doch immer schlecht", sagte Angelos.

„Das kann ich als Hauptkommissar schlecht machen – es gäbe wieder nur blödes Gerede! Aber ‚Danke' für das Angebot", erwiderte Paul.

Und so fuhren die beiden Herren zum Hafen.

7

Als sie Delos erreichten, war Paul hellgrün im Gesicht und musste die ersten Meter von Angelos geführt werden. Paul war ursprünglich vom griechischen Festland - genauer: Piräus – und überhaupt nicht meerafin. Also kein typischer Grieche.

Und: Paul war nicht freiwillig auf Mykonos, sondern versetzt worden. Zunächst hatte er die Insel gehasst: zu voll, zu laut, zu öde – auch wenn Piräus nicht gerade Nizza war.

Angelos hingegen stammt aus Rhodos. Ihm machte die See nichts aus. Gerade heute blies ein strammer Wind aus Norden.

„Typisch. Gestern war es windstill. Und sobald ich auf einen Kahn muss, sind die Wellen zwei Meter hoch."

Vor der Ausstellungshalle standen zwei Männer.

„Sind Sie der Bestatter?", fragte der Kleinere.

„Ja. Und Sie nehme ich als Ersten mit!"

„Äh, mein Mann meinte: ‚Guten Tag, mein Name ist Markaris!'", ging Angelos rasch dazwischen.

„Und wer sind Sie?"

„Nun, wenn das mein Mann ist, heiße ich wohl auch Markaris. Wir sind von der örtlichen Polizei!"

„Oh, Entschuldigung", sagte der Kleinere.

„Mein Name ist Christeas. Ich bin der Leiter des Besucherzentrums. Durch die Sperrung geht uns viel Geld verloren. Und das alles wegen eines Unfalls!", zeterte er.

„Mir war ja klar, dass es auf Mykonos nur ums Geld geht. Aber das ist wirklich der Gipfel.

Zählt denn hier ein Menschenleben gar nichts. Der arme Mann liegt da hinten und Sie wollen Besucher einlassen? Das ist ja krank! Wie glauben Sie, ist der Stein in Bewegung gekommen? Durch Zeus´ Finger?"

„Na zum Beispiel durch den Wind oder natürliche Erosion! Oder einen Esel!", sagte Christeas und schaute Paul vergnügt an.

„Klappe, alle beide! Und wer sind Sie bitte?", fragte Paul verärgert.

„Mihalis, Leiter der Ausgrabungsstätte. Montez war Gast im Auftrag des Nationalmuseums in Athen. Und der Wind war es garantiert nicht. Gestern Abend war es windstill. Es muss schon gestern Abend passiert sein. Man hat ihn beim Rundgang vor Öffnung gefunden."

„Könnte uns jetzt bitte jemand zum Tatort führen?", fragte Angelos.

„Natürlich, es ist bei den Löwen oder besser gesagt: bei den ehemaligen Löwen! Sie kennen ja den

Weg!", sagte Christeas und grinste dreckig. Er hatte die Aufnahmen von jenem Geburtstagsabend. Idiot.

„Wurde der Mann von den Löwen erschlagen? Nein! Also bitte!", raunzte Angelos.

„Ich gehe da nicht mehr hin", jammerte Christeas.

Paul packte ihn am Arm und zog ihn mit.

„Ich beschwere mich beim Bürgermeister", kam als Nächstes.

„Bitte gerne. Dann machen wir gleich eine Kassenprüfung", brüllte Paul. Und schon war der eben noch so unfreundliche Herr die Liebenswürdigkeit in Person.

„Woher wusstest du, dass …", flüsterte Angelos in Pauls Ohr.

„Ich wusste es nicht, aber das wäre die erste Kasse auf dieser Insel, die stimmt!"

Sie erreichten den Tatort oder die Unfallstelle, je nach Sichtweise.

Und Herr Montez sah nicht mehr gut aus. Tot war kein Ausdruck. Der Kopf hatte noch die Form eines Tellers. Der Inhalt war in alle Richtungen versprengt.

Christeas übergab sich, sehr zur Freude von Paul.

„Angelos, schau bitte, ob noch irgendwelche Steine locker sind, aber vorsichtig!"

„Angst um mich oder Angst um dich?"

Angelos grinste.

„Blöde Frage!"

Paul betrachtete das Opfer. Er muss nach oben gesehen haben, sonst wäre die Deformation des Schädels eine andere.

„Und der Herr ist oder war?"

„Eduard Montez. Wie gesagt vom Nationalmuseum Athen. Seit vier Wochen hier. Ich glaube, er war 28 oder so. Er gehörte aber nicht zum ständigen Team. Athen hat ihn hergeschickt wegen irgendwelchen venezianischen Münzen. Meiner Meinung nach absurd, aber typisch Athen", sagte Mihalis.

„Wieso absurd?"

„Weil es nie Venezianer hier gab. Was sollten sie auch hier? Die interessierten sich nur für Handel. Sie waren auf Mykonos, ja, aber hier? Und die Münze wurde angeblich von einem Touristen gefunden. Dabei graben wir seit hundert Jahren hier."

Mihalis schüttelte verärgert den Kopf.

„Wann kommt die Leiche denn weg?", fragte Christeas. Immer ein besonderer Moment für Paul.

„Frühestens morgen Mittag. Bis die Spusi und der Pathologe kommen, wird es Abend und zu dunkel", sagte Paul.

„Sind Sie wahnsinnig? Das bedeutet 3.000 Gäste minus! Der Bürgermeister wird toben!", keifte Christeas.

„Er wird eher keifen, wenn er hört, dass die Leiche hier in der prallen Sonne liegt. Also los. Wir brauchen einen Pavillon und irgendein Kühlgerät, auch wenn es nicht viel bringt! Und das ein bisschen plötzlich!" Christeas trabte wütend davon.

„Bürokratenheini", sagte MIhalis.

„Wenn Sie ihn nicht näher kennen, wissen Sie auch nichts über seine Familienverhältnisse."

„Doch. Ich weiß, dass seine Freundin auf Mykonos ist. Ihn besuchen. Aber ich kenne das Hotel nicht!"

Na bravo. Meldezettel kontrollieren, die ohnehin nie stimmten. Einzige Hoffnung: die Verlobte würde eine Vermisstenanzeige stellen.

Zwischenzeitlich war Angelos wieder am Boden und klopfte sich die Hände ab.

„Alles betonhart. Aber am zweiten Quader darunter sind Kniespuren im Staub. Da wird sich der Täter wohl darauf abgestützt haben.

Vielleicht finden wir an dem Stein hier Handabdrücke. Außer mir wird sich wohl keiner hinknien wollen. Das Hirn ist keine giftige Masse."

Er ging in die Knie.

„Der Quader wird sich mindestens um eine Seite gedreht haben. Dann liegt die betreffende Seite auf dem Gesicht. Da wird nicht mehr viel zu sichern sein", sagte Angelos.

Gott sei Dank habe ich einen fähigen Mann und Partner.

„Danke fürs Hochklettern", flüsterte Paul.

„See- und höhenkrank. Ich kenne dich doch!"
„Und ich liebe dich!"

8

Spusi und Pathologie – in Personalunion von Katsakis - traf am Abend ein. Beim letzten Mord hatte Paul ihm den abgetrennten Kopf des Opfers auf das Zimmer legen lassen. In einem Geschenkkarton.
Angelos hatte getobt.
„Sag mal, musste das sein? Beim nächsten Mal brauchst du ihn wieder und dann lässt er dich auflaufen."
Es war makaber und dumm und vor allem hatte Paul Angelos vorgeschickt, und der hatte den Wutanfall abbekommen.
Die Hoffnung, er habe es vergessen, war bar jeder Realität.

Kaum hatte Katsakis den Baggage Claim verlassen, sah er Paul und wollte wieder umdrehen. Die automatische Tür aber verhinderte es.

„Hau ab. Ich will dich nicht sehen. Entweder kommt Angelos oder ich lasse die Leiche in der Sonne braten. Mir egal."

„Ach komm, das war zugegeben ein makabrer Scherz. Ich habe nicht nachgedacht. Ich entschuldige mich", sagte Paul zerknirscht.

„Du hast wohl vergessen, dass ich meine Frau dabeihatte, weil die in irgendeine Galerie wollte. Sie dachte, das Hotel habe ein Präsent aufs Zimmer gestellt. Das Gekreische habe ich jetzt noch im Ohr. Meine Frau musste hinterher zum Psychologen, weil sie nicht mehr schlafen konnte. Und drei Monate kein Sex! Also los! Angelos oder Rückflug!"

Paul wusste nicht, dass es Katsakis´ Frau war, die den Karton geöffnet hatte. Selber schuld, was sind Frauen auch immer so neugierig.

Er griff zum Handy.

„Angelos, kannst du zum Flughafen kommen, weil..."

„... Katsakis nicht mehr mit dir spricht. Ich habe es dir gesagt. Aber gut. Schon unterwegs. Wird dir ganz recht sein, dann musst du morgen nicht aufs Boot, oder?"

Wie gut ihn sein Mann doch kannte.

Aber mit so einer Abfuhr hatte er nicht gerechnet.

„Darf es wenigstens ein Kaffee sein?"

„Hinstellen und kein Wort mit mir sprechen", flüsterte Katsakis gefährlich leise.

Arschloch, dachte Paul. Und humorlos.

Es dauerte knapp zehn Minuten, bis Angelos kam.

„Entschuldige, der Verkehr ist höllisch", sagte er. Angelos musste wie ein Irrer gerast sein, um die Strecke in der Zeit geschafft zu haben. Mit dem BMW kein Problem. Aber er wollte Paul nicht länger als nötig dieser seltsamen Situation aussetzen.

„Hallo Katsakis!"

„Hallo Angelos. Endlich ein normaler Mensch. Nicht wie dieser Irre hier! Hotel, bitte. Liegen diesmal wieder Leichenteile auf dem Zimmer?"

Angelos lachte.

„Keine Sorge. Auf der Leiche liegt ein schwerer Quader!"

„Bravo. Typisch Mykonos. Kein Schuss, kein Gift, sondern wieder einmal Matsch. Hebevorrichtung?"

„Alles da. Wollen wir?"

Zu Paul sagte Angelos: „Ich bin in 10 Minuten wieder da!"

So stand der Kommissar wie ein Idiot in der Ankunftshalle. Ihn erfreute jedoch die Aussicht auf die „Film-Probe" am Abend.

9

„Na, mit Katsakis hast du einen Freund fürs Leben! Der hat während der ganzen Fahrt nur geschimpft und gezetert. Wärst du morgen dabei, müsste man Angst haben, dass er dich über Bord schmeißt", sagte Angelos lachend.

„Der ist aber nachtragend. Das mit seiner Frau wusste ich nicht", sagte Paul.

„Ich auch nicht. Als ich ihn traf, hat er nur gebrüllt. Dass seine Frau den Karton aufgemacht hat, finde ich jetzt wieder komisch. Hätte sie halt keinen Pathologen heiraten dürfen", sagte Angelos und lachte.

„Tut mir leid, dass Katsakis an dir hängenbleibt", meinte Paul ehrlich.

„Schon in Ordnung."

10

Die „Film-Probe" erwies sich als schwierig, aber humorvoll. Angelos baute – um es möglichst originaltreu zu gestalten – die Seitenwand der Dusche ab.

„So, jetzt fehlt nur noch die Uhr!"

„Uhr? Das ist doch kein Wettbewerb", sagte Paul.

„Entspann Dich! Vor deinem Geburtstag hatten wir auch eine Uhr dabei, weil wir pünktlich um Mitternacht fertig sein wollten. Aber wir drehen sie um, wenn dir das zu viel Druck macht". Und schon hing die wasserfeste Uhr in der Dusche.

„Sag mal, Paul, hat der Film auch schon einen Titel?"

„Äh, na ja, als Arbeitstitel habe ich „Scharfschütze" angegeben", sagte Paul leise und unsicher. „Ist doch dein Beruf, da …"

Angelos lachte. „Passt doch hervorragend. Tu nicht so, als wären wir oft anderer Meinung. du machst doch fast immer alles richtig! ‚Der Scharfschütze'. Super!"

„Da bin ich erleichtert. Wir hätten ihn auch noch ändern können. Aber der Film hat einen richtigen Vorspann. Und die meinten, wir sollten schon daran denken, dass Kameras im Spiel sind. Also nichts verdecken und die Kamera nicht meiden. Vor allem die Menschen ignorieren", meinte Paul.

„Menschen?" Wie viele kommen denn da?", fragte Angelos.

„Zwei Kameramänner, ein Visagist, ein Regisseur! Ob ich das packe, kann ich dir nicht versprechen. Bisher wusste ich ja nie, dass jemand zuschaut."

Angelos lachte laut.

„Das wird ja ein Riesenauftrieb, Klasse! Und hat bestimmt einiges gekostet."

„Äh, ja, aber wir haben ja nur noch ein Konto. Es ist mir fast peinlich, weil damit …"

„Sprich nicht weiter! Auf was hatten wir uns geeinigt?"

„Dass es nur noch ‚unser Geld' gibt. Ich hoffe, du freust dich trotzdem!"

Angelos lächelte.

„Und wie. Ist doch cool!"

Hoffentlich bin ich auch so ‚cool', dachte Paul.

Der Probedurchlauf ergab 38 Minuten.

„Geht doch", sagte Angelos mit stolzgeschwellter Brust, aber es war nicht wirklich ernst gemeint.

„Himmel. Ob ich das in drei Tagen nochmal schaffe, weiß ich nicht. Hoffentlich vermassele ich nicht alles", meinte Paul und wurde ängstlich.

Angelos nahm ihn in den Arm.

„Paul, das war wirklich Klasse. Und außerdem bin ich ja auch noch da. Es hat bisher immer noch funktioniert! Also locker bleiben!"

Paul sah an sich nach unten und sagte:

„Du siehst, ich bin entspannt!"

Angelos lachte lauthals los.

Sein klares, ehrliches und aus der Tiefe kommendes Lachen.

11

Am folgenden Morgen standen der Pathologe und Angelos auf Delos im Pavillon über der Leiche.

„Also zuerst brauchen wir die Seilwinde", meinte Katsakis. „Das Ding ist zu schwer für uns. Aber es muss gerade nach oben gezogen werden."

Angelos zog zwei Gurte unter dem Stein hindurch und hob den Stein an.

Katsakis zog die Leiche weg.

Angelos zog die Augenbraue hoch.

„Schau nicht so. Wenn, dann sind Spuren an den Steinen, an dem da oder denen oben!

Bei der Todesursache würde ich sagen ‚Stein auf Kopf'!"

Du bist nicht weniger flapsig als Paul, dachte Angelos.

„Himmel!" Selbst Angelos musste würgen. Er hatte Ähnliches gesehen bei Fallschirmspringern, deren Schirm nicht aufging und flach auf den Boden geknallt waren. Wie ein Teller, nur viel größer als ein Kopf.

„Na, junger Mann, beim Geheimdienst muss man so etwas doch gewohnt sein", meinte Katsakis breit grinsend.

Paul hatte recht. Das Arschloch hatte den Geschenkkarton verdient.

„Sarg?"

„Äh, im Besucherzentrum. Aber der Kopf passt nicht rein. Außerdem zerfällt er, wenn wir ihn hochheben. Und was machen wir mit dem Gehirn?", fragte Angelos.

„Dann zerfällt er halt. Keine öffentliche Aufbahrung. Huhaha. Für das Hirn habe ich ein Gläschen und einen Löffel. Ich brauche zwei volle Löffel. Ich hole den Sarg. Hoffentlich ist da jemand, der Tragen hilft", und schon war er weg.

Na warte, dachte sich Angelos, beim nächsten Mal gibt es einen neuen Paul-Scherz! Und wenn deine Frau tot umfällt!

Er holte tief Luft und nahm zwei Löffel voll von der Gehirnmasse. Da er nicht dauernd hinsehen konnte, ging doch einiges daneben. Sollte ihm egal sein.

Als Katsakis und ein Helfer den Sarg abgestellt hatten, legten sie die Leiche hinein.

Und wie zu erwarten war, brach der Kopf ab.

Katsakis schmiss ihn achtlos in den Blechsarg.

Angelos lächelte.

„Bitte mit dem Leichenwagen zum Flughafen. Und hol´ mich bitte um 13 Uhr am Hotel ab", sagte Katsakis.

Als der Sarg im Hafen vom Schiff an Land gebracht wurde, fuhr der Bestattungswagen gerade vor. Angelos fuhr Katsakis schnell ins Hotel und dann wieder zum Hafen.

Bestatter Sokrates wartete bereits ungeduldig.

„Wo bleibst du denn? Ich habe noch zwei Tote!"

„Zwei Morde?", fragte Angelos erschrocken. Dann würde sein Geburtstag ins Wasser fallen. Zu viel Arbeit. Dabei freute er sich aufrichtig über Pauls Geschenk.

„Nein, nein, Eine alte Dame, 90, und ein englischer Tourist, 70, ersoffen!"

„Na Gott sei Dank. Also ich meine …"

„Schon gut. Bestatter sind nicht empfindlich!"

Angelos kannte Sokrates und verstand sich mit ihm gut. Paul meint immer, er begreife nicht, warum wirklich jeder Angelos mochte.

Jeder lächelt immer freundlich. Komme ich, verziehen die meisten das Gesicht. Der frühere Paul war anscheinend doch ein ziemlicher Rüpel.

„Sokrates, ich habe eine etwas ungewöhnliche Bitte. Könntest du mir den Kopf hier in die Tüte packen?" Und frag einfach nicht. Bitte!"

Sokrates öffnete den Sarg und holte wortlos zwei Gummihandschuhe aus dem Fond. Fünf Sekunden später war der Kopf in der Tüte.

„Die Gummihandschuhe lass ich dir! Und irgendwann möchte ich eine Erklärung. Das wird bestimmt ein übler Streich!"

„Da kannst du Gift darauf nehmen!", sagte Angelos lächelnd.

Er legte die Tüte in den Kofferraum und fuhr zu Katsakis´ Hotel.

„Gib mir dein Gepäck. Ich tue es in den Kofferraum!"

Hinter dem Deckel versteckt, räumte er das Handgepäck teilweise aus und legte stattdessen den platten Kopf hinein.

Im Flughafen folgte er Katsakis nach dem Check-In. An der Handgepäckkontrolle versteckte er sich hinter der Mauer.

Und wartete.

Plötzlich hörte er die Frage:

„Was haben Sie denn da drin?"

„Blöde Frage. Meine Ausrüstung. Ich bin von der Polizei", raunzte Katsakis.

Man hörte einen Reißverschluss und dann ein Würgen. Für den Beamten war der Anblick offensichtlich neu.

Dann hörte Angelos einen lauten Schrei: „ANGELOS!"

„Und Sie kommen jetzt mal mit!"

„Das zahle ich euch heim!" Angelos lächelte.

Das hast du verdient!

12

Angelos fuhr nach Hause.

Als er das Wohnzimmer betrat, sagte er zu Paul:

„Ich muss mich bei dir entschuldigen! Katsakis ist wirklich ein Granaten-Arschloch. dein Scherz mit dem Kopf war vollkommen berechtigt. Aber nun habe ich mir einen kleinen Streich erlaubt!"

Angelos erzählte, was er angestellt hatte.

Paul bog sich vor Lachen.

„Dafür konnte ich dich küssen!"

„Dann tu es doch einfach!"

Und Paul küsste seinen Mann mit Verve.

„Du sagst, sie haben ihn festgenommen? Köstlich!"

Das Handy brummte.

„Hallo Chef!" Maria vom Büro.

„Äh, der Flughafen hat mich angerufen. Man hat einen Mann festgenommen, der einen Kopf in der Tasche hatte. Er behauptet, er sei von der Polizei. Der Name ist Katsakis. So heißt doch der Pathologe aus Athen, nicht?"

„Nein, Maria. Der Name ist mir unbekannt. Nikos soll hinfahren und ihn in die Zelle bringen. Aber gleich das Handy abnehmen!", sagte Paul.

Sonst würde er in Athen anrufen.

Paul wusste zwar, dass das Ganze ein Nachspiel haben würde, aber das war es wert!

Katsakis im Kittchen. Köstlich.

„Chef?"
„Ja, Maria?"
„Hätte ich glatt vergessen. Die Freundin des Franzosen hat ihn als vermisst gemeldet.
Sie heißt Irini Christoforou und wohnt im ‚Aegean' in Tagoo."
„Ich weiß, wo das ‚Aegean' liegt", knurrte Paul.

„Angelos! Sorry, wir müssen nochmal in die Stadt. Die Verlobte von Montez hat sich gemeldet!"
„Hauptsache, wir müssen nicht ins Büro. Katsakis möchte ich nicht begegnen!"
Angelos lachte.

13

Die Freundin oder Verlobte von Eduard Montez war eindeutig hübsch, also für eine Frau. Angelos betrachtete sie ausdruckslos. Er hatte überhaupt kein Interesse an Frauen mehr. Paul registrierte zwar, dass dies ein ansehnliches Exemplar war, aber von einer fremden Spezies. Dass er 25 Jahre mit einer Frau verheiratet war, hatte er aus seinem Gedächtnis gestrichen. Es waren 25 verschwendete Jahre. Aber er hatte damals definitiv kein Interesse an Männern. Erst mit Angelos hatte sich alles geändert. Seltsamerweise reagierte Paul aber auch nicht auf andere Männer. Gibt es Sexualität, die sich nur auf einen Menschen konzentriert?

Wie auch immer.

„Bitte lass mich reden", bat Angelos. „Du bist manchmal taktlos!"

Paul wurde sauer. Und Angelos bemerkte seinen Fehler.

„Bei anderen. Nicht bei mir. Falsch ausgedrückt. Ein Minuspunkt für mich. Aber ich bin bestimmt tausend im Plus!", sagte er breit lächelnd.

Sie trafen sich mit der jungen Frau auf der Terrasse. Sie war um diese Zeit noch leer, denn die Sonne brannte selbst am Spätnachmittag noch und die Mauer reflektierte die Hitze zusätzlich.

„Frau Christoforou, zunächst unser Beileid zum Tod Ihres Freundes", sagte Angelos.

Die arme Frau brach in Tränen aus und fiel auf die Knie.

Angelos schaute ganz verdutzt.

„Hat man Ihnen auf der Wache nicht erzählt, dass …?"

Paul drehte sich herum und prustete los.

„Klappe, Paul!"

Angelos hob die Frau hoch und setzte sie auf die Couch.

„Es tut mir sehr leid. Ich dachte, die Kollegen …"

„Nein, haben sie nicht. Wie … wie ist es passiert?"

„Er wurde auf Delos von einem Stein erschlagen. Bei der Arbeit. Er war sofort tot", sagte Angelos mit beruhigender Stimme. Beim Kummertelefon würde man ihn sofort anstellen.

Irini Christoforou heulte erneut auf. Offensichtlich waren die zwei frisch verliebt. Bei länger verheirateten Paaren ist die Reaktion oft erstaunlich verhalten, manchmal glaubte Paul, Erleichterung im Gesicht lesen zu können.

Hätte er eine solche Nachricht während seiner Ehe bekommen, nun – fünf Minuten später wäre der Champagner geflossen.

Hier war es sichtlich Betroffenheit.

„Meine Eltern hatten uns gerade erst eine Wohnung in Athen gekauft", erzählte Irini.

„Aber da können Sie doch auch alleine einziehen", sagte Paul.

Angelos drehte sich um und sah ihn strafend an.

„Entschuldigen Sie, mein Kollege meint es nicht so."

„Ist Ihnen an Ihrem Freund in letzter Zeit etwas aufgefallen? Aufregung, Verwirrung? Oder hat er etwas erzählt?"

Irini zögerte.

„Na ja, wir verdienen beide nicht viel Geld. Wir arbeiten beim Staat."

„Wem sagen Sie das", warf Paul ein.

„Als er mich das letzte Mal in Athen besuchte, vor etwa zwei Wochen meinte er, unsere Geldsorgen hätten bald ein Ende. Er hat nichts Näheres erzählt. Ich habe ihn nur gebeten, dass er unter keinen Umständen etwas Kriminelles tun soll. Er hat Verantwortung – für mich und für unser Baby. Ich bin schwanger."

Erneut begann sie zu Weinen.

Unter den Umständen mehr als verständlich.

„Dann müssen Sie die Wohnung wohl wieder verkaufen, denn mit einem Gehalt …"

„Paul!", sagte Angelos streng.

Irini begann wieder zu weinen. Angelos setzte sich zu ihr auf die Couch und nahm sie in den Arm. Sofort lehnte sie ihren Kopf an.

Wie macht er das? Paul sah es mit Staunen.

Und überhaupt: das ist mein Mann!

Angelos konnte seine Gedanken wohl lesen, denn er schüttelte leicht den Kopf.

„Und wo ist die Leiche? Muss ich sie identifizieren?"

„Die Leiche ist schon in Athen. Die Identifizierung erfolgt über DNA denn uns ist der Kopf abhandengekommen!", sagte Paul.

Irini fiel in Ohnmacht.

„Du bist einfach ein Trampel", meinte Angelos. „Wie kann ein Mensch, der so liebevoll zu mir ist, zu anderen so gefühllos sein?"

„Muss wohl an dir liegen. Aber was war an den Fakten verkehrt?"

„Hier sind Fakten nicht gefragt. Himmel, die Frau ist schwanger. Hoffentlich bekommt sie keine Fehlgeburt", sagte Angelos.

„Ich glaube nicht, dass uns Katsakis den Kopf annäht", erwiderte Paul.

Angelos hob Irini von der Couch. Ein Leichtgewicht.

„Paul, nimm den Zimmerschlüssel. Wir legen sie ins Bett. Und der Manager soll nachher nach ihr schauen!"

„Zu Befehl!"

„Idiot!"
„Nächster Minuspunkt!"

14

Der Tag war endlich zu Ende. Paul und Angelos
saßen am Küchentisch.
„Also hat unser Super-Archäologe irgendein
krummes Ding gedreht", sagte Paul.
„Sicher. Fragt sich nur, welches. Hat er irgendeinen
Fund auf dem Schwarzmarkt verscherbelt?"
„Unwahrscheinlich. Das Gelände wird doch seit 100
Jahren umgegraben. Da findet man nichts mehr
Neues. Und wie hätte er es von der Insel bringen
sollen? Höchstens, es war etwas Kleines. Aber klein
heißt meist: nicht sehr wertvoll, außer bei Schmuck.
Eine Münze bringt fast nichts. Und dann bekommt

er auf dem Schwarzmarkt generell vielleicht 20% des realen Wertes!"

Angelos nickte.

„Er könnte auch etwas aus dem Museum gestohlen haben!"

„Gut. Das lässt sich ja leicht feststellen", meinte Paul. „Müsste das Museum ja wissen, außer es war aus dem Depot. Aber da ist in der Regel nichts von großem Wert. Meines Wissens haben sie in der Krise viel verkauft. Auch das Nationalmuseum war bankrott. Oder ist."

„Außerdem werden alle in der Abteilung beim Verlassen gefilzt, seitdem damals die phönizische Schatulle verschwand. Wir sollten uns die Akten auf jeden Fall kommen lassen. Vielleicht gibt es eine Querverbindung."

Angelos hatte recht. Sie müssten es zumindest prüfen. Berge von Akten.

Griechische Akten. Wie alles in Athen wahrscheinlich unvollständig und unsortiert.

Das Handy brummte.

„Der Bürgermeister!"

„Markaris!" Immerhin konnte er sich jetzt den Namen merken. „Kann es sein, dass Sie den Pathologen aus Athen eingesperrt haben? Mich hat gerade ein wütender Staatssekretär angerufen. Was haben Sie nun wieder angestellt?"

„Gar nichts. Er wurde am Flughafen festgenommen, nicht von mir. Ich habe ihn nur in Gewahrsam genommen. Aber es war wohl ein Missverständnis. Ich lasse ihn gleich frei. Dann kann er mit der Nachtmaschine zurück. Wird erledigt!"

Paul legte auf, ohne auf eine Antwort zu warten.

Angelos lachte.

„Du verdirbst es dir wirklich mit jedem!"

„Außer mit dir – und der Rest ist mir egal!"

„Das klingt super, nur: wir müssen hier leben, ich auch. Bitte sei ein bisschen höflicher. du sprichst nicht mehr nur für dich, sondern für uns!"

Angelos hatte recht.

Es fällt auch auf ihn zurück.

„Kapiert. Sollte ich etwas Falsches sagen, dann tritt mir gegen den Fuß!"

Angelos lachte.

„Nein. Es gibt dann einen Tag Sexverbot!"

Paul entgleiste das Gesicht.

„Oh Gott!"

15

Sie lagen auf der Couch, als Angelos plötzlich sagte:
„Nein. Wir schauen in die falsche Richtung. Irini hat uns erzählt, er habe von dem neuen Verdienst gesprochen, als er das letzte Mal von Mykonos kam. Vergiss Athen. Es muss etwas mit hier zu tun haben! Irgendein Kontakt! Wo hat er gewohnt?"

„In Agios Stefanos", sagte Paul. „Wahrscheinlich, weil es gleich oberhalb des Hafens liegt."

„Dann war er bestimmt öfters bei ‚Leonidas'. Irgendwo muss er ja gegessen haben. Vielleicht hat er dort auch Einheimische getroffen und etwas erzählt. Da sollten wir morgen hin!"

Das Handy brummte.

„Keine Sorge. Es ist meines!", sagte Angelos.

Es war Angelos´ Mutter. Merlina.

„Mama! Hallo!"

„Nein, nein, du störst nicht. Was gibt´s?"

Frage Merlina.

„Natürlich darfst du auch so anrufen!"

Angelos verdrehte die Augen.

„Was? Du möchtest an meinem Geburtstag kommen?"

Angelos schaute entsetzt.

„Äh, nein, nein, du störst doch nicht! Nein, wir sind zuhause!"

Frage Merlina.

„Paul? dem geht es gut. Er ist noch unterwegs!"

Frage Merlina.

„Ihm geht es wirklich prima! Und natürlich bin ich gut zu ihm!". Paul grinste.

„Sag mal, wer ist denn jetzt dein Sohn? Ich oder Paul?"

Bemerkung Merlina.

„Es gab Zeiten, da wolltest du ihn töten", sagte Angelos lachend.

Antwort Merlina.

„Ja, Mama, ich weiß, dass Paul das Beste ist, was mir passieren konnte. Als ob ich das nicht selbst wüsste!"

Und Paul lief das Gespräch hinunter wie Öl.

Angelos beschloss, ihm einen kleinen Dämpfer zu verpassen.

„Ach Mama, weißt du, was Paul mir zum Geburtstag schenkt?"

Paul schüttelte entsetzt den Kopf.

„Egal, du siehst es ja dann!"

Das Kopfschütteln wurde immer stärker.

„Gut, wir holen dich dann vom Flughafen ab. Bis Montag!"

Stille.

„Oh je, dann muss ich alles verschieben. Hoffentlich geht das", jammerte Paul.

„Mist!"

„Hätte ich meiner Mutter absagen sollen?", fragte Angelos.

„Um Gottes Willen, Großer, natürlich nicht. Ich wollte doch nur, dass du dein Geschenk an deinem Geburtstag bekommst. Am Tag danach …"

„…ist es noch genauso viel wert. Und überhaupt ist es doch unglaublich, dass sie sich mehr nach dir erkundigt, als nach mir. Wie zum Teufel hast du das geschafft?"

Paul grinste.

„Sie weiß, dass ich gut zu dir bin und dich abgöttisch liebe. Das sieht eine Mutter gerne!"

„Sie weiß aber auch, dass ich dich genauso liebe und brauche wie du mich!"

„Angelos, das weiß sie. Wirklich. Und mir brauchst du nichts mehr beweisen."

16

18 Tage vorher

Eduard Montez stieg wie jeden Tag auf diesen vermaledeiten Hügel. Trotz der frühen Uhrzeit – es war 09.30 Uhr – herrschte schon drückende Hitze. Der so gefürchtete Nordwind wäre ihm heute ganz recht gewesen.

Das Schlimme war: er musste den Berg gleich zwei Mal besteigen. Zunächst mit seiner Tasche, dem Grabungskoffer und dem Wasserschlauch, der wirklich an jedem Stein hängenblieb. Als er endlich oben angekommen war, brüllte er hinunter, es möge jemand das Wasser aufdrehen, doch die Kollegen hörten ihn nicht – oder wollten nicht hören.

Er war halt der Außenseiter – Franzose und noch dazu nicht Teil der „Stammbesatzung" auf Delos. So musste er unverrichteter Dinge wieder hinunter. Montez war der typische Wissenschaftler und trieb keinerlei Sport. Das rächte sich nun. Als er die Hügelspitze erreichte, lief ihm der Schweiß in Strömen herunter.

Hätte der Idiot seine venezianische Münze nicht am Ufer finden können, dachte er.

Montez drehte das Wasser auf und wässerte zwei Quadratmeter des harten Bodens. Es würde zehn Minuten dauern, bis sich irgendeine Reaktion zeigen würde. Er richtete sich auf und zog die Krempe seines Hutes weiter ins Gesicht. Er schaute hinüber nach Mykonos und hinunter nach Rinia , die kleine Nachbarinsel, genauso öde und archäologisch unbedeutend. Die Bewohner von Delos nutzten Rinia nur als Friedhof, sonst wohnte dort niemand. Aberglaube.

Als er den Blick schon abwenden wollte, sah er etwas aufblitzen. Irgendetwas spiegelte von Rinia aus.

Es kam ihm seltsam vor, denn er stand seit Tagen hier oben und ein Spiegeln hatte er nicht bemerkt.

Nicht, dass er aufgeregt war oder vermutete, er hätte etwas Wertvolles entdeckt. Es war schlicht die Neugier eines Archäologen, berufsimmanent.

Dementsprechend beschloss er, sich das Ganze anzuschauen.

Er marschierte den Weg hinunter und suchte nach Mihalis. Er fand ihn im Theater.

„Sagen Sie mal, haben wir ein kleines Boot? Ruderboot würde reichen!"

„Wohin wollen Sie denn? Reicht Ihnen die sportliche Tätigkeit am Hügel nicht?"

„Sehr witzig. Also?"

„Ich glaube, Christeas hat ein kleines Motorboot! Wo wollen Sie denn nun hin?"

„Rinia ", sagte Montez.

Mihalis begann zu lachen.

„Was wollen Sie denn da? Da war nie etwas und da ist auch nichts. Die Grabungen sind dort schon von 30 Jahren eingestellt worden."

„Lassen Sie das doch meine Sorge sein!"

In diesem Fall war es nützlich, dass er Einzelgänger war.

Zwar zeigte sich auch Christeas alles andere als kooperativ, aber mit 50 Euro war die Sache geregelt. Er ließ den Motor an und fuhr die kurze Strecke hinüber zur Nachbarinsel. Christeas hatte ihm erklärt, er solle ja vorsichtig sein, es gäbe nur einen kleinen Steg.

17

Angelos und Paul fuhren nach Agios Stefanos, um sich ein besseres Bild vom Leben des Opfers auf der Insel zu machen.

Da Montez keinen längeren Aufenthalt geplant hatte, war sein Zimmer fast leer. Fast nur Arbeitskleidung. Abends Ausgehen war also nicht vorgesehen. Die Kontakte dürften sich also auf ein Minimum beschränkt haben.

Die Hauswirtin hatte auch nicht viel mit ihm gesprochen und nein, ihr sei am Tag des Unfalls nichts aufgefallen.

Paul hatte zunächst erklärt, alles sähe nach einem Unfall aus. Die Nachfrage eines Journalisten, ob er es wieder für die Tat eines Esels halte, ignorierte er.

„Aber am Tag des Unfalls war ein Mann hier, der eine große Schachtel abholen sollte.

Er hatte eine Vollmacht und Montez´ Ausweis. Er sagte, der bräuchte die Tüte dringend auf Delos. Die Unterschriften waren gleich. Also gab ich ihm die Schachtel. Ich wollte mich vergewissern und rief Montez auf dem Handy an!"

„Tja, da war er schon tot", sagte Angelos.

„Beschreibung? Haben Sie den Namen notiert?"

„Nein. Wozu auch? Es war in beiden Fällen Montez´ Unterschrift. Da interessiert mich der Name des Boten nicht. Kennen Sie Ihre Paketboten mit Namen?"

Paul verdrehte die Augen.

„Aber komisch war, dass Montez darauf bestand, dass die Schachtel in die Scheune kommt und nicht auf sein Zimmer!"

„Und die Beschreibung?"

„Mittelgroß, dunkle Augen, ich würde sagen Türke!", sagte die Hauswirtin.

„Na, das wird ja heiter, wenn das so weiter geht. Mittelgroß und dunkle Augen, das schränkt den Täterkreis ja enorm ein.", meinte Angelos. „Fahren wir zu ‚Leonidas'!"

Das Restaurant – oder eher der Gasthof – lag etwa 80 m über der Bucht von Agios Stefanos. Es war ein Lokal, in dem auch viele Griechen verkehrten. Vernünftige Preise und wenig Touristen waren für die Insulaner triftige Gründe.

„Ah, Jassas, Herr Kommissar und Herr …, entschuldigen Sie, ich habe Ihren Namen vergessen."

„Beide Markaris", antwortete Angelos.

Aber der alte Leonidas meinte es bestimmt nicht böse. Er war eine Seele von Mensch.

„Leonidas, der tote Archäologe, der unten bei Anna gewohnt hat. War der auch hier? Zum Essen oder Plaudern?"

„Klar, der war fast jeden Tag hier. So wie ich!", sagte der Alte.

Und das seit 70 Jahren. Früh um sechs fängt er an, Dolmades zu wickeln.

„Kannst du dich vielleicht zu uns setzen und ein wenig mit uns reden? Und mit ein paar Dolmades, vielleicht?"

Die drei Herren setzten sich ans Panorama-Fenster.

„Aber viel kann ich euch nicht sagen. Er kam jeden Tag gegen neun, aß und verschwand wieder!"

„Kein Kontakt zu Einheimischen?", fragte Angelos.

„Das wird ja immer zäher", jammerte Paul.

„Der totale Einzelgänger!"

„Halt! Warte mal! Letzte Woche war er in Begleitung!"

„Wann genau?"

Leonidas lächelte.

„Ach, Herr Kommissar! In meinem Alter ist man froh, wenn man seinen eigenen Namen noch kennt!"

„Egal. Mann oder Frau? Ist dir irgendetwas aufgefallen?"

„Ja. Doch. Jetzt fällt es mir wieder ein. Er war mit einem Mann hier. Irgendwas Ausländisches. Dunkler Teint! Kein Grieche! Definitiv!"

Wenigstens etwas dachte Paul.

„Und noch etwas. Sie unterhielten sich auf Französisch. Das weiß ich noch!"

Französisch?

„Entweder noch ein Franzose ...", sagte Paul.

„... mit dunklem Teint eher Libanese oder Syrer. Das sind die einzigen Länder in näherer Umgebung, die französische Kolonie waren", ergänzte Angelos.

„Flughafen checken?", fragte Paul.

„Das können wir uns sparen. Wenn es um Kriminelles geht, dann ist der bestimmt nicht unter seinem richtigen Namen und der wahren Nationalität eingereist", meinte Angelos.

„Der Gesprächspartner von Montez kam also mit dem Schiff. Oder eigenem Boot!"

Dann schaltete sich Leonidas wieder ein.

„Ah, noch eines: das Gespräch war nicht sehr freundlich. Ich verstehe zwar kein Französisch, aber beide waren ärgerlich. Der Andere stand zwischendurch auf und wollte gehen."

„Danke. Du hast uns sehr geholfen", sagte Angelos.

„Stopp. In meinem Alter kommt die Erinnerung immer in Bruchstücken. Ich glaube, dass ich mehrmals ‚Rinia ' verstanden habe."

Leonidas lächelte triumphierend.

Beim Verlassen des Lokals sagte Paul:

„Endlich ein Ansatzpunkt. Und die Dolmades waren wirklich lecker!"

18

18 Tage vorher

Eduard Montez vertäute das Seil an einem fast verrotteten Pfosten. Was sollte auch jemand auf Rinia? Es muss aber jemand hier gewesen sein. Auf dem Weg zum ehemaligen Friedhof waren im allgegenwärtigen Staub auch Fußspuren zu sehen. Er hatte sich also nicht getäuscht.
Die Stelle mit dem Objekt, das sich spiegelte, war auf der anderen Seite der Insel, aber das waren höchstens 400 Meter. Als er die Stelle erreichte, sah er zunächst nichts. Die Sonne war weitergewandert und das Licht spiegelte sich nicht mehr.

Er zog gedanklich eine Linie zu dem Hügel auf Delos. Weniger Meter vor ihm sah er den Grund für die Reflektion.

Aber was war es? Das nächste, was ihm auffiel, war, dass die Erde um das Objekt locker war – im Vergleich zu dem Felsen und Beton auf dem Rest der Insel. Er beseitigte die Erde mit den Händen. Es war eine chromfarbene Metallkiste, deren Kante ihn auf Delos geblendet hatte. Montez schwitzte wie ein Tier. Es war eine große Kiste und die Sonne brannte unbarmherzig. Hinzu kam, dass der Inhalt schwer sein musste, denn selbst als er auf Höhe der Griffe war, rührte sich noch wenig. Gut, er brauchte doch seinen Klappspaten. Als er nach 30 Minuten das Loch vergrößert und vertieft hatte, bewegte sich das blöde Ding endlich.

Aber es war natürlich verschlossen.

Was tun? Die Kiste war definitiv erst vor Kurzem vergraben worden. Der Besitzer würde sicher nicht begeistert sein, wenn er sie geöffnet vorfinden würde. Zur Anlegestelle war es zu weit. Bei dem Gewicht unmöglich, die Kiste zum Boot zu schleifen. Das wäre die ideale Lösung gewesen. Und dann an einem sicheren Ort öffnen und dann verschwinden.

Gut. Geht nun mal nicht. Montez nahm seinen Klappspaten. Als er das Schloss traf, entstand ein lautes Geräusch. Delos war nicht weit entfernt und es war windstill. Zu viel Aufmerksamkeit wollte er nicht erregen.

Beim nächsten Hieb schlug er mit halber Kraft, aber direkt auf das zweite Schloss. Die Kiste ging auf.

Er setzte sich, weil seine Knie schmerzten. Und er wollte den Moment genießen. Was würde in dem Behälter sein?

Kunstgegenstände? Vielleicht doch von Delos? Hatte der Direktor etwas beiseitegeschafft? Zuzutrauen war es ihm.

War Geld in der Kiste? Damit würde er am meisten anfangen können.

Er entfernte die Reste der Schlösser und öffnete die ‚Schatztruhe'.

Er drehte sich weg und übergab sich.

Im Inneren befanden sich zahlreiche Tüten mit weißem Pulver. Drogen also.

Er war etwas enttäuscht. Wie sollte er das Zeug loswerden? Er kannte niemand aus der Szene. Da kam ihm eine Idee. Er räumte seine Tasche aus und legte einige der Beutel hinein.

Und er passte auf, dass er die abgehackte Hand nicht berührte.

19

Angelos und Paul fuhren zum Hafen. Wenn in dem Gespräch mit dem Fremden das Wort „Rinia" gefallen war, sollte man eventuell dorthin fahren.

Paul verdrehte die Augen. „Zwei Mal Boot!"

Man musste zuerst nach Delos, weil das Wasser an der Anlegestelle auf Rinia zu seicht war.

„Ich verspreche dir, mit dem Motorboot langsam zu fahren", sagte Angelos lachend.

„Wehe nicht. Dann fällt das Schweißlecken aus!", brummte Paul.

„Ich würde sagen, damit bestrafst du dich selber."

Wieder war Paul – trotz absolut glatter See – giftgrün im Gesicht.

Auf Rinia folgten sie dem Pfad, dem auch das Opfer gefolgt war. Es war zwar eine kleine Insel, aber wenn man nicht weiß, wo man suchen soll, kann auch ein winziges Eiland sehr groß sein. Angelos übernahm die nördlich, Paul die südliche Seite.

„Gott, ist das heiß heute", japste Paul.

„Nun stell´ dich nicht so an. Mörder halten sich nun mal nicht an den Wetterbericht."

Es dauerte zwanzig Minuten bis Angelos „Paul, hier!", schrie.

Als Paul kam, deutete Angelos auf eine frisch umgegrabene Stelle, die teilweise wieder aufgefüllt war.

„Das Loch ist keine zwei Wochen alt. Das Erdreich ist noch viel lockerer als daneben", sagte Angelos.

„Tja, leider ist das, was in dem Loch war, nicht mehr da", brummte Paul.

„Wir müssen dennoch graben, vielleicht findet sich etwas im Erdreich. Ich hole von Delos schnell zwei Spaten", antwortete Angelos.

„Wieso zwei?", fragte Paul grinsend.

„Oh, du fauler, alter Sack!"

„Ja, ich liebe dich auch!"

Angelos lachte.

„Für Waffen ist das Loch zu klein. Kein Mensch schmuggelt nur Handfeuerwaffen. Wenn, dann sind da größere Kaliber dabei, AK 47 oder Ähnliches. Kleine Kunstgegenstände? Unwahrscheinlich. Sie könnten nur aus dem Besucherzentrum stammen und das wäre längst aufgefallen.

Also was bleibt?"

„Drogen", sagte Paul. „Seit der Hafenmeister ein ehemaliger Polizist ist, dürfte es erheblich schwieriger sein, das Zeug direkt nach Mykonos zu bringen. Rinia wäre ideal. Beobachten kann man es nur von Delos aus, welches aber ab 18 Uhr geschlossen ist. Und von Mykonos aus sieht man gar nichts."

„Eben. Wir müssen graben. Wenn der Abnehmer eine Probe genommen hat, was wohl jeder tut, könnten winzige Partikel in der Erde sein. Heißt: graben und ein paar Gläser mit Erde füllen. Dann …, oh Mist!"

„Was ist denn, Großer?", fragte Paul.

„Wir müssten es zu Katsakis schicken und der wird uns bestimmt nicht helfen."

Plötzlich lachte Angelos.

„Der Scherz war dennoch gut!"

„Ja – aber wer untersucht die Erde dann?"

„Warte mal. Ich könnte es in Nicosia versuchen. Die Zyprioten sind mir noch etwas schuldig!"

So gruben die beiden Herren und füllten mehrere Gläser.

„Die Frage ist nur, wo das Zeug hin ist und ob die wieder hierherkommen", sagte Paul.

20

4 Tage vorher

Eduard Montez war hypernervös, nein, er hatte richtig Angst. Und fragte sich, ob er nicht einen tödlichen Fehler begangen hatte. Der Besitzer der Kiste hatte sich auf seinen Zettel hin tatsächlich gemeldet.

Montez hatte ihm ein Treffen im „Leonidas" vorgeschlagen.

Sicher, es war gefährlich. Aber ein guter Deal würde ihm das Leben sehr erleichtern. Er wollte eine Familie gründen. Mit Irini. Mit Kindern. Und von seinem Gehalt war das nicht möglich.

Ein einmaliger Zuverdienst käme mehr als gelegen. Der Besitzer ist sicher froh, wenn er seine Ware wiederbekäme, gegen eine Einmalzahlung, dachte Montez. Dann würde er verschwinden und kein Wort darüber verlieren.

Und er war im „Leonidas", ein Heimspiel sozusagen. Ein grimmig dreinblickender Mann betrat das Lokal und ging direkt zu seinem Tisch und setzte sich.

„Sie haben etwas, was mir gehört."

Er sprach Montez auf Französisch an, was Eduard doch verunsicherte. Woher wusste er?

„Ja. Und gegen eine kleine Zahlung bekommen Sie es noch heute zurück."

Der Mann, dessen Akzent auf den Nahen Osten hinwies, lachte so laut, dass die anderen Gäste sich umdrehten.

Da hatte Montez zum ersten Mal das Gefühl, dass etwas schrecklich schiefläuft.

„Ich will 100.000 Euro", sagte er schon etwas kleinlauter.

„Hör mal zu, du Vollidiot. du hast keine Ahnung, mit wem du es zu tun hast. Offensichtlich hast du die Hand vergessen!"

Den hatte Montez erfolgreich verdrängt.

„Nun, der nächste Arm könnte von deiner Freundin stammen. Das ist sie doch, oder?"

Sein Gegenüber legte ein Foto von Irini auf den Tisch. Eduard fröstelte.

„Wenn Sie sie nur anrühren …", stammelte Montez.

„Dann was? Du kleiner Wicht drohst uns?"

Da begriff Montez, dass er nicht bedacht hatte, dass es eine ganze Gruppe war, die involviert war. Hart bleiben, es geht um deine Zukunft, Eduard!

„100.000 Euro!"

Der Mann lachte erneut.

„Du bist ein toter Mann. Deine Freundin werden wir erst vergewaltigen und dann die Kopfhaut abziehen!"

Montez sagte nichts mehr.

„Und falls du Zweifel hast, dann frag doch mal hier ein paar Leute. Die können dir erzählen, was mit den Leuten passiert ist, die uns hier auf Mykonos in die Quere kamen. Den Männern haben wir zuerst den Hoden abgeschnitten. Schöne Vorstellung, nicht?"

Eduard wurde richtig übel.

„Es gibt also kein Geld, sondern nur die Aussicht auf Schmerz und nochmal Schmerz. Und auch vor deinen Eltern machen wir nicht halt. Das bisschen Stoff kannst du behalten. Das sind Peanuts. du bist ein toter Mann!"

Der andere stand auf und ging hinaus.

Montez wusste, dass es der größte Fehler seines Lebens war. Flucht war sinnlos, wenn sie schon wussten, wo er wohnt und Irini fotografiert hatten.

Zur Polizei gehen konnte er auch nicht.

Wie sollte er die Tüten mit Kokain erklären?

Diese verfluchte Gier.

21

Angelos Geburtstag rückte näher. Genauer gesagt, waren es noch fünf Minuten.

Und er lachte.

„Was bist du denn so nervös?", fragte Angelos. „Man könnte meinen, du hättest Geburtstag! Aber irgendwie kannst auch du feiern. Um Mitternacht sind es wieder nur 25 Jahre Altersunterschied!"

Paul lag neben Angelos im Bett.

„Vielen Dank, dass du mich daran erinnerst!"

„Gern geschehen. Aber hat es irgendwann mal eine Rolle gespielt? Also für mich nicht!"

Paul lächelte.

„Ein Grund, warum ich dich liebe. du siehst über die kleinen Anzeichen meines Alters hinweg!"

„Darf ich dich etwas fragen?"

„Immer" sagte Paul.

„Es ist komisch, aber ich begreife bis heute nicht, warum es bei dir so lange gedauert hat, bis du dich in mich verliebt hast. Und dann waren es plötzlich 200%. Bei mir hat es drei Minuten gedauert. Gesehen – und schon war es bei mir passiert!"

„Mein geliebter Ehemann! Als ich dich sah, dachte ich ‚hübscher Kerl'. Nach zwei Tagen kamen klug und witzig hinzu. Ab da wurde ich so freundlich zu dir, dass es jedem in meiner Umgebung aufgefallen ist. Da war ich wohl schon verliebt, wusste es aber noch nicht. Wirklich. Die Anderen schon. Als ich Aris erzählte, dass ich mich verliebt hatte, sagte der nur trocken: ‚Ich weiß, es ist Angelos‘. Wie aus der Pistole geschossen. Aber ab da habe ich mich einfach fallen lassen. Und du hast mich aufgefangen. Ich war noch nie so glücklich. Oh, wir haben es verpasst. Entschuldige. Alles Gute, mein Großer!"

Keine zehn Sekunden später läutete es an der Tür.

„Wer zum Teufel läutet denn bei jemand um Mitternacht?", fragte Angelos, just in dem Moment, als er seinen Geburtstagsex haben wollte.

„Ich mach schon auf, du kannst übrigens liegenbleiben."

Da begriff Angelos, dass es wohl noch eine Überraschung geben würde.

22

Angelos hörte Stimmen und Gelächter von unten. Er meinte, die Stimme zu kennen.

Plötzlich stand Uri unter dem Türrahmen – und das vollkommen nackt. Uri war Angelos´ Kollege aus Israel.

Angelos war vollkommen perplex.

„Uri! Was machst du denn hier? Du bist extra für meinen Geburtstag von Tel Aviv hierhergeflogen?"

„Ja, aber Paul hat alles bezahlt."

„Und das von einem Kleinkredit, den ich von der Bank bekommen habe", sagte Paul.

Angelos verzog das Gesicht.

„Wie oft muss ich noch den Vortrag über ‚unser Geld' halten? Den Kredit löse ich morgen ab!"

„Ich kann deine Geschenke nicht von deinem Geld bezahlen", antwortete Paul.

„UNSER GELD, Herrgott. Bitte lass uns heute nicht streiten. Es ist ja gut gemeint. Das verstehe ich ja. Aber nun: was macht Uri hier und eher: warum ist er nackt?"

Paul und Uri grinsten.

„Das soll dir dein Mann erklären", meinte Uri lachend.

„Ich glaube, du kannst es dir schon denken. Ich möchte nicht, dass du irgendwann das Gefühl hast, irgendetwas zu verpasst zu haben. Das kommt bei Männern zwischen 35 und 40. Ich hatte das auch. Es hat bei mir aber noch fast 15 Jahre gedauert, bis ich merkte, was ich wirklich verpasst habe", knurrte Paul.

„Umso mehr bin ich dir dankbar. Vorsicht Tränenalarm!"

Angelos lachte. „Derselbe Mensch, der die Friedhofswitwe zum Ohnmachtsanfall gebracht und dann noch mit einer Pfanne niedergeschlagen hat, bekommt bei mir zwei Mal pro Tag einen Heulkrampf. Aber eigentlich heißt das nur, dass ich dir wichtig bin. Und wenn du weinst, dann weil du glücklich bist, hast du mal gesagt!"

Paul nickte nur.

„Und was ist jetzt hier los?", fragte Angelos.

„Du sollst nichts verpassen. Und ich kenne keinen Mann, hetero oder schwul, der nicht wenigstens einmal Sex zu dritt erleben möchte. Für mich ist es aber nur erträglich, wenn es jemand ist, den ich kenne, sonst drehe ich durch. Also habe ich Uri gefragt. Liege ich daneben?"

Paul war sich nicht sicher.

Aber Angelos´ Augen leuchteten!

„Überhaupt nicht! Bist du verrückt? Das wird super!"

Er freute sich wirklich. Er stieg aus dem Bett und nahm Paul in den Arm.

„Aber mich wundert, dass du auf die Idee gekommen bist! Ich meine, sonst darf mich niemand anfassen und jetzt? Bist du dir wirklich sicher, sonst machen wir es nicht!"

„Es kostet mich Überwindung, aber wie gesagt, ich will nicht, dass du irgendwann gehst, weil dir etwas fehlt! Achtung …"

„Tränenalarm!", ergänzte Angelos.

„Ich verlasse dich nicht, Paul. Hätte ich sonst ein Haus gekauft?   Aber das Geschenk nehme ich trotzdem an."

Uri fing an zu lachen.

„Alles andere hätte mich auch gewundert",
sagte er.

„Es gibt nur eine Bedingung", sagte Paul und flüsterte Angelos ins Ohr.

„Das ist vollkommen in Ordnung!"

23

Am nächsten Morgen war Angelos – verständlicherweise – mehr als gut gelaunt.

Paul kam zur Haustüre herein. Er hatte Uri zum Flughafen gefahren.

„Der arme Kerl. Erst in der Nacht arbeiten und dann am nächsten Morgen nach Hause. Athen und dann Tel Aviv. Fünf Stunden!"

„Arbeit? Das war doch keine Arbeit", sagte Angelos fröhlich.

„Für dich nicht, Großer! Du hast dich verwöhnen lassen. Aber das passt schon. Ist ja dein Geburtstag. Uri hat sich extra zwei Tage freigenommen!"

„Ich wollte dir noch sagen, dass ich mich sehr gefreut habe", sagte Angelos.

„Das glaube ich dir sofort. du warst regelrecht weggetreten", antwortete Paul lachend.

„Nein, Paul, das meinte ich nicht. Das schönste Geschenk war, dass du bei beiden Geschenken viel nachgedacht hast, über mich. Und dabei genau zum richtigen Ergebnis gekommen bist. Es ist wohl doch so, dass unsere Gehirne gekoppelt sind. Ich liebe dich, falls ich dir das heute noch nicht gesagt habe."

Paul lachte.

„Das hast du gestern Nacht öfters gesagt, allerdings zu mir *und Uri!*"

„Oh Gott! Entschuldige!", sagte Angelos.

„Schon gut. Das war wohl im Eifer des Gefechts. Aber dass du es weißt: es hat mich fast zerrissen, zu sehen, dass …"; Paul brach ab.

Angelos nahm ihn in den Arm.

„Keine Sorge. Ich habe es gesehen und finde es großartig, dass du trotzdem weitergemacht hast. Nun habe ich es einmal erlebt. Es war super und damit hat es sich auch. Kein Sex mehr mit anderen. Und morgen zeigen wir es ja allen!"

„Oh herrje, das ist ja schon morgen. Hoffentlich kriege ich noch etwas zustande, sonst wird das der peinlichste Film des Jahrhunderts!", sagte Paul mit hängenden Armen.

„Aber Paul! Erstens bin ich ja auch noch da. Und dann koch ich dir morgen noch etwas Kraftbrühe und zusätzlich gibt es noch Eiweißpulver. du wirst sehen, es geht alles glatt. Zudem wirst du bei meinem Geruch ohnehin unberechenbar", sagte Angelos lachend.

Paul grinste.

„I will do my very best!"

Nach einer kurzen Pause sagte er:

„Könntest du bitte deine Mutter abholen? Ich müsste mich ein halbes Stündchen hinlegen!"

„Aber klar!"

Vierzig Minuten später kam Angelos mit seiner Mutter zurück. Noch war sie bester Laune. Aber ihr Geburtstagsbesuch sollte sich bald in einen Horrortrip verwandeln. Noch war davon nichts zu ahnen.
Kaum war die Türe auf, rief sie quer durchs Haus:
„Wo ist denn mein Lieblingsschwiegersohn?"
„Ich komme!", rief Paul und quälte sich aus dem Bett.
Er kam die Treppe hinunter, da sagte Merlina schon:
„Mein Gott, wie siehst du denn aus? Ah, ich weiß schon, du musstest meinen Sohn beglücken!"
„MAMA!", sagte Angelos.
„Von ‚muss' kann keine Rede sein, Merlina.
Dein Sohn ist wie ein Geschenk für mich", meinte Paul.
Und das war keine Floskel, wie Merlina sehr wohl wusste.
„Und war er wirklich brav oder hat er dich gezwungen, das zu sagen?"
„MAMA!"
„Du weißt, dass ich es ernst meine. Mich braucht niemand zwingen, über Angelos etwas Positives zu sagen! Er ist der Treffer meines Lebens!"

Merlina strahlte, weil sie Paul kannte. Er sagte die volle Wahrheit.

„Siehst du?", sagte Angelos triumphierend.

„Und außerdem habe ICH heute Geburtstag!"

Paul und Merlina küssten Angelos jeweils auf eine Backe.

„So ist es richtig. Endlich werde ich so verehrt, wie es mir zusteht."

„Oh, du Angeber", sagte Merlina ärgerlich.

„Denk dir nichts dabei. Er will täglich gelobt werden und das mache ich auch gerne!", sagte Paul.

„Himmel! Ich wünschte, in mich wäre jemand so verliebt", antwortete Merlina.

Sie drehte sich zu Angelos und flüsterte ihm zu: „Du hast unverschämtes Glück, mein Sohn!"

„Das weiß ich, Mutter, aber ich liebe ihn nicht weniger. Los, Paul, sag es ihr!"

„Merlina, wir sind glücklich, weil jeder den anderen liebt. Der eine kann es nur weniger verbergen, das ist alles!"

„Dann ist ja fein. Ich müsste dringend duschen", sagte Mutter Markaris.

Zwei Minuten später hörte man sie von oben rufen: „Sagt mal, ist eure Dusche kaputt, oder warum fehlt da eine Wand?"

Und unten bogen sich Paul und Angelos vor Lachen.

24

Nach dem Mord an Eduard Montez hatten die Täter – entgegen Pauls Annahme – die Insel Mykonos nicht verlassen. Sie hatten noch etwas zu erledigen.

Einer ihrer „dankbaren" Endkunden, der Beachclubbesitzer in Panormos, hatte ihnen einen seiner Baucontainer zur Verfügung gestellt und ihn in Windeseile säubern und aufmöblieren lassen.

Seine Angst war so groß, dass er alle zwei Stunden vorbeischaute, um zu fragen, ob alles so passe.

„Wenn du noch einmal klopfst, hacke ich dir einen Arm ab. Kannst dir aussuchen, ob kurz- oder langärmlig!" Hieß: entweder am Armgelenk oder am Ellenbogen.

In einem Bruchteil einer Sekunde war Aminitidis verschwunden. Ihm war gar nicht wohl. Bisher war er nicht auf dem Radar der Ermittler. Die konzentrierten sich bisher auf Kostas, den Eigentümer des „Scorpio´s".

Das war der Preis für Erfolg. Im Rampenlicht stehen, hat auch seine Nachteile. Zudem lag Panormos am nördlichen Ende der Insel, mit dem Auto nur schwer erreichbar. Zudem war die Straße weit einsehbar. Einen sich nähernden Polizeiwagen hätte man schon zehn Minuten vor seinem Eintreffen erkannt. Aminitidis hatte an der Bergkante – hinter den

Abfallcontainern – eine Kamera aufbauen lassen, auf der die ganze Straße bis zu den Serpentinen nach Ano Mera zu sehen war. Dies war die einzige Straße nach Panormos. Der Rest war Meer, meist aufgewühlt, da hier oft strammer Nordwind herrschte. In den heißen Monaten liebten die Touristen den Strand, weil es hier kühler war als im Süden.

All dies machte Panormos zum idealen Versteck für Kriminelle. Oder Mörder, wie im Falle der beiden Herren in dem Container.
Zwei Libanesen – nicht Libyer, wie Angelos und Paul vermuteten. Sie hatten zwar ein Lager in Libyen, da ein Staat ohne Strukturen – und damit ohne Polizei – besonders sicher war. Zumindest für diese Sorte Mensch.
Maher Sabra lag auf der Couch.
„Mir ist nicht ganz wohl, noch hier auf der Insel zu sein! Harmlos sind die zwei nicht."
Gemeint waren Paul und Angelos.
„Sonst hätten sie wohl kaum meinen Bruder erschossen in Athen. Und das war der Alte!", erwiderte Kassem El-Zein, der am Tisch saß.
„Und dafür wird er bezahlen! Ich werde ihn in Streifen schneiden!"

„Du bist ein Idiot. Nicht ihn, sondern seinen Stricher brauchen wir. Ohne den kann er nicht leben, sagt hier jeder. Also: zwei Fliegen mit einer Klappe schlagen!"

El-Zein nickte.

„Es wird mir eine Freude sein!"

„Das Zeug von dem Montez haben wir wieder. Du hast der Vermieterin klar gemacht, dass …"

„Aber ja, ich habe ihr die CD mit dem Abziehen der Gesichtshaut gezeigt", erwiderte El-Zein.

War das ein Spaß, dem Verräter den Kopf umzugestalten. Noch besser war die Idee, das Ganze aufzunehmen. So waren sämtliche Partner gewarnt, was passieren würde, wenn …

„Die restliche Ladung hat er ja dagelassen und die ist verteilt. Die nächste müssen wir erst in zwei Wochen liefern", meinte Sabra.

„Leider können wir Rinia nicht mehr nutzen, außer es gelingt uns, die zwei Schnüffler auszuschalten. Aber nicht gleichzeitig, sonst haben wir die gesamte Polizei und den Geheimdienst am Hals. Nein, nein. Dann wäre das Risiko zu hoch. Einer ja und darauf warten, dass sich der andere umbringt. Was passieren wird. Das ist die viel klügere Strategie!"

„Ärgerlich nur, dass wir es nicht mehr über den Hafen anlanden können, seit Kostas´ Tod!", sagte Sabra.

„Der einzige Mord, mit dem wir nichts zu tun haben!" El-Zain lachte.

„Der wusste ohnehin zu viel und der Alte war ihm schon schwer auf den Fersen. Wir sollten dem Täter dankbar sein."

„Wahrscheinlich war es der Alte selbst. Man erzählt sich, der Hafenmeister wäre durch einen Schuss ins linke Auge getötet worden – wie mein Bruder!"

Der Gedanke an die Beerdigung brachte das Blut El-Zains wieder in Ballung.

„Dein Bruder ist tot. Basta! Hier geht es um das Geschäft. Ich will hier keinen Rachefeldzug erleben. Das gefährdet alles, hast du verstanden? Und den Hafen holen wir uns schon zurück. Da haben sie zwar jetzt einen Bullen zum Hafenmeister gemacht, aber es wird nicht lange dauern, dann wird der auch begreifen, wie es läuft! Glaube mir!"

El-Zain nickte.

„Wichtig ist jetzt, dass die Aktion heute Nacht gut über die Bühne geht! Es dreht sich alles um den jungen Stricher, nicht den Alten.

Verstanden?", sagte Sabra.

„Und jetzt bring Aminitidis das neue Handy, mit dem er bei der Polizei anrufen soll. Um Punkt 22.00 Uhr."

El Zain verließ den Container und lief hinüber zum Beachclub „Club Principote".

Netter Name, dachte er. Fürstenclub.

Wir sind die Drogenfürsten hier.

„Zuerst dachten wir uns, wir schenken euch einen Fallschirmsprung", sagte Merlina.

„Bei Pauls Höhenangst?", Angelos lachte.

„Da hast du nochmal Glück gehabt!"

„Dann meinte Papa, eine Kreuzfahrt wäre doch etwas großartiges!"

Angelos lachte noch lauter.

„Unser Supergrieche ist doch nicht seetauglich!"

„Also haben wir uns entschlossen, euch Geld für einen großen Urlaub zu schenken!"

„Super-Idee, Mama!" Angelos küsste seine Mutter und Paul war erleichtert, dass ihm die ersten beiden Vorschläge erspart blieben.

Das Geburtstagsessen im „Leto´s" war hervorragend, es war nun mal das beste Haus am Platze.

Dennoch mussten Paul und Angelos nach Hause. Am nächsten Morgen um 11.00 Uhr wollten die Herren von der Filmcrew kommen und da sollten sie schon ausgeschlafen und fit sein, sonst würde die Kraftbrühe nichts helfen.

Paul, Angelos und Merlina erreichten das Haus gegen 22.00 Uhr.

Sie waren keine 5 Minuten zuhause, als Pauls Handy brummte.

Es war Yannis, der neue Hafenmeister.

„Paul, ich habe gerade einen Anruf bekommen, es käme heute Nacht eine neue Ladung auf Rinia an. Anonym natürlich. Nach 30 Sekunden aufgelegt!"

Das darf doch nicht wahr sein!

Mutter da, morgen der Film, es war zum Schreien.

„Wenn das ein Scherz ist, bringe ich dich um!", sagte Paul.

„Garantiert nicht. Ich weiß doch, was ich höre."

„Gut. du bist zuhause?"

„Um 22 Uhr bin ich bestimmt nicht mehr im Dienst", sagte Yannis lachend.

„Dann bist du jetzt wieder im Dienst. In den Hafen und ich brauche irgendeine kleine Schaluppe mit wenig Tiefgang. Wir sind in 15 Minuten da. Uhrzeit hat er keine genannt?"

„Nein", antwortete Yannis.

„Irgendwas Auffälliges? Akzent?"

„Gar nichts!"

Zum Heulen, aber es half nichts.

„Merlina! Wir müssen dich alleingelassen. Wir müssen zu einem Einsatz!"

Paul erklärte Angelos die Situation, der genauso fluchte. Wenigstens waren die Waffen einsatzbereit.

„Nachtsichtgeräte?", fragte Angelos.

„Im Auto!"

„Wird es gefährlich?", fragte Merlina mehr als besorgt. „Aber Angelos hat heute Geburtstag!"

„Das weiß ich, Merlina. Aber ich bin kein Scharfschütze!"

„Schon gut, Mama, ist mein Job! Vielleicht ist es ein Fehlalarm, dann sind wir bald wieder da. Versuche zu schlafen!"

Im Auto unterwegs zum Hafen sagte Paul:

„Nicht einmal Verstärkung können wir holen. Wenn es eine Fehlmeldung ist, würde uns Nikos den Kopf abreißen. Und außerdem kämen sie wahrscheinlich gar nicht rechtzeitig!"

„Sicher nicht. Bis ein Team zusammenwäre, vergeht am Abend eine Stunde. Dann der Flug hierher, dann zur Insel – vergiss es", antwortete Angelos.

Im Hafen angekommen, stand Yannis tatsächlich in weißer Uniform da. Nicht zu fassen. Aber er hatte das Boot startklar gemacht. Schon wieder Boot, fluchte Paul.

„Paul, Denkfehler. Wir müssen nach Delos. Auf Rinia ist keinerlei Deckung, auf Delos schon. Außerdem haben wir vom Hügel einen perfekten Blick und ich ein freies Schussfeld."

„Du hast zwar recht, aber das heißt, ich muss auf den Kynthos hinauf!"

„Paul, das ist kein Himalaya-Gipfel!" Angelos lachte. Sie machten an dem kleinen Pier fest und begannen, den Hügel hinaufzulaufen. Es herrschte Totenstille, denn in der Nacht waren Delos und Rinia gesperrt, was Kriminelle natürlich nicht abschreckte.

Am Gipfel angelangt, war nichts zu sehen. Auch das Meer war ohne sichtlichen Verkehr.

„Oh je, das kann Stunden dauern", sagte Paul. Angelos grinste. Solche Situationen hasste Paul. Dabei ist Warten die Hauptaufgabe eines Polizisten. Observieren kann bis zur Ablösung zehn Stunden dauern. Kein Essen, kein Trinken und in einen Becher pinkeln.

Angelos war damit vertraut. Als Scharfschütze wartest du Stunden auf die Worte „grünes Schussfeld" und musst vorher dennoch jede Sekunde hochkonzentriert sein.

„Du schaust nach Norden, ich nach Südosten", sagte Angelos und legte sich auf den Boden. Knurrend und fluchend tat es ihm Paul gleich.

„Das nächste Mal nur mit Decke und Klappstuhl", knurrte Paul.

„Aha. du möchtest einen Stuhl hier hochschleppen?", fragte Angelos amüsiert.

„Und jetzt Ruhe. Hier hallt es!"

So lagen sie dann da.

Nach einer Stunde wurde es Paul zu bunt und er kroch zu Angelos hinüber.

„Was zum Teufel machst du da?", flüsterte Angelos leise lachend.

„Ich streichle dir den Rücken, Großer!"

„Ich weiß genau, was du willst. Du bist wirklich ein Sex-Monster!"

„Nachdem der Film verschoben werden muss, brauche ich doch einen Ausgleich",

flüsterte Paul zurück.

An den Filmdreh morgen war nicht zu denken. Wer weiß, wann sie heute nach Hause kämen.

Natürlich würde das Team die volle Summe berechnen.

Verfluchter Yannis! Nein, Schuld bin ich selber. Wäre ich nur nicht ans Handy.

„Nein, Paul, ich ziehe mein T-Shirt nicht aus, damit du mir die Achseln leckst. Wir sind im Dienst. Wie soll ich mich denn konzentrieren oder gar schießen?", sagte Angelos und schüttelte den Kopf mit einem Lächeln.

Paul knurrte und so warteten sie weiter.

Um vier Uhr morgens waren die Vorboten der Dämmerung zu sehen.
Paul platzte fast vor Wut.
„Erst reiße ich Yannis den Kopf ab und wehe ich erwische das Arschloch, das angerufen hat."
Auf der Rückfahrt von Delos wurde es Paul plötzlich eiskalt.
„Deine Mutter, Angelos, sie wollten uns weglocken!"

27

Noch nie hatte jemand die Strecke Mykonos-Hafen nach Ftelia in einer solchen Geschwindigkeit zurückgelegt. Eine riesige Staubwolke hinter sich herziehend, trat Angelos vor dem Haus auf die Bremse und stürzte aus dem Auto, noch bevor es stoppte.

Paul rannte ihm hinterher.

„Mama?", schrie Angelos verzweifelt.

Beim Blick in das Haus hinein war beiden aber sofort klar, was hier passiert war.

Es gab Anzeichen eines Kampfes. Kaputte Gläser, sonstige Dinge auf dem Boden und verrückte Möbel. Sie hatte sich gewehrt. Das sah Merlina ähnlich.

„Oh Gott, Paul, hier ist Blut!", sagte Angelos weinend.

Paul ging auf die Knie und sah den kleinen Fleck auf dem Steinboden.

„Das ist nur eine kleine Wunde, wahrscheinlich am Kopf, sonst hätte es mehr geblutet. Oder Merlina hat dem Angreifer eine verpasst!"

Er wollte Angelos etwas Hoffnung machen.

Aber der war komplett in Panik.

„Was machen wir jetzt?"

„Wir warten auf die Nachricht der Entführer, was sonst?", erwiderte Paul.

„Ist das alles, was du tun willst?"

„Ich verstehe deine Wut und ich bin genauso aufgebracht. Aber es hilft uns jetzt nicht weiter. Etwas Unüberlegtes tun, könnte ihr schaden. Hinsetzen. Nachdenken. Warten.

Ich tue alles, was ich kann. Ich verspreche es dir!"

Aber Angelos war in einer anderen Welt!

Paul hingegen ahnte, dass es nicht um Merlina ging. Was hatte sie mit der ganzen Sache zu tun? Nein, es ging um sie beide und da es Angelos´ Mutter war, die entführt wurde, sicher eher um Angelos.

Und Paul würde alles tun, um seinen Mann zu beschützen.

Die Täter würden bezahlen – nicht im Gefängnis, sondern mit ihrem Leben.

Merlina war wie gelähmt. Sie war vor wenigen Minuten erwacht und noch benommen von dem Schlag auf den Kopf.

Sie spürte, wie das Blut an ihrer linken Schläfe hinunterlief.

Sie war an Händen und Beinen gefesselt und lag offensichtlich in einer Kajüte. Man hatte sie also auf ein Boot verfrachtet.

Es war so schnell gegangen.

Es läutete und sie hatte sich noch gewundert, warum Paul und Angelos nicht einfach aufgeschlossen hatten. Vielleicht aus Höflichkeit.

Der Rest war ein böser Film. Zwei dunkle Männer – dunkler Teint, dunkle Kleidung – fielen über sie her und dann bekam sie einen Schlag. Dann war Ende.

Erst hier auf dem Wasser erlangte sie das Bewusstsein wieder.

Würde dies hier der Ort ihres Todes sein?

Wer waren diese Männer?

Sie sprachen eine ihr unbekannte Sprache. Auf Rhodos konnte sie – geschichtlich bedingt – nur gut Italienisch, denn die Insel war bis 1946 italienisch besetzt und in den Schulen wurde es noch lange gelehrt.

Es war auch kein Englisch. Das hätte sie erkannt, denn ab und an hatte sie mit Touristen zu tun. Ein paar Brocken.

Würden Angelos und Paul sie rechtzeitig finden? Aber wie sollten sie? Hier ins Meer geworfen, würde man sie nie rechtzeitig finden. Voll bekleidet würde sie keine 5 Minuten lang durchhalten. Das wusste sie, ihr Großvater war Fischer.

Ich werde meinen Sohn nie wiedersehen. Den zweiten hatte sie vor einem halben Jahr verloren. Selbstmord.

Ihr Schwiegersohn Paul war mittlerweile zum Ersatz-Sohn geworden, der ihren Angelos abgöttisch liebte. Vielleicht ein bisschen zu viel. Aber Angelos war zu schlau und charakterfest, um es auszunutzen.

Warum ich?

Für wen bin *ich* denn von Wert?

Merlina begriff es nicht.

Sie versuchte, die Fesseln zu lockern.

Keine Chance. Es war Tape, bombenfest.

Die zwei Männer kamen hinunter in die Kajüte. Sie trugen Masken.

Sie begannen, sich zu unterhalten, aber Merlina verstand nichts.

Dann war sie plötzlich wie elektrisiert.

Sie glaubte das Wort „Angelos" verstanden zu haben.

Einer der Männer kniete sich neben sie hin.

Er hatte furchtbaren Mundgeruch.

„Keine Sorge. Wenn man unsere Forderungen erfüllt, wird dir nichts passieren.

Du wirst allerdings deinen Sohn verlieren. Und in Einzelstücken zurückbekommen!"

Der Mann grinste.

Ihr wurde schlecht und sie erbrach sich in den Knebel.

„Mach das Ding runter, sonst erstickt sie!"

„Bitte nicht", sagte Merlina spuckend, „er ist alles, was ich habe!"

„Mag schon sein. Aber er hat meinen Bruder ermordet. Auge um Auge, oder wie heißt es in eurer Bibel?"

„Wollt ihr Geld? Ihr könnt alles haben, was ich besitze! Ich treibe es auf. Aber bitte verschont meinen Sohn!"

Sie weinte bitterlich.

„Mein Bruder wurde auch nicht verschont!"

„Hör auf zu quatschen, du Idiot!"

„Sie versteht uns doch nicht!"

„Wenn du Englisch sprichst, schon!"

Merlina bekam einen neuen Knebel.

Das Gespräch ging auf Arabisch weiter.

Oh Gott! Bitte hilf! Nicht mir, sondern meinem Sohn.

Aber eines gab ihr Hoffnung: Ihr Sohn war nicht allein. Paul würde alles tun, um ihn zu schützen. Er würde sich eher erschießen lassen, als dass Angelos etwas passiert.

Gott gebe, dass das ausreicht.

Ihr eigenes Leben war Merlina ganz egal.

29

Angelos saß vollkommen verzweifelt am Küchentisch.
„Ich bin schuld am Tod meiner Mutter!"

„Hör auf. Erstens lebt sie noch und zweitens: solltest du Verbrecher laufenlassen? Es tut mir leid, dass mir erst auf der Rückfahrt eingefallen ist, dass es ein Ablenkungsmanöver war. Das ist *meine* Schuld."
„Ich habe es ja auch nicht bemerkt, toller Geheimagent!", sagte Angelos resignierend.
„Deine Mutter lebt. Sonst hätte man sie hier umgebracht. Und wir brauchen jede Minute für einen Plan! Also reiß dich zusammen!"
„Was für einen Plan? Wir wissen nichts!"
„Zuerst brauchen wir Nikos hier vor Ort. Mit großem Aufgebot. Es dreht sich ja schließlich alles um seinen Angestellten", sagte Paul und hätte sich ohrfeigen können.
„Um mich?"
„Denk doch nach. Wozu haben sie sich wohl deine Mutter gegriffen? Um an dich heranzukommen. Schaffen sie das, bin ich auch am Ende. Also musst du auch mir helfen! Du bist darauf trainiert."
Angelos versuchte sich zu fassen.

„So, ich telefoniere jetzt mit Nikos. Nur der hat die Mittel. Wir zwei schaffen es alleine nicht und du musst ohnehin aus der Schusslinie!", sagte Paul.

„Ich aus der Schusslinie? Wenn meine Mutter entführt wird, soll ich mich verkriechen?", brüllte Angelos.

„Ich bin der falsche Adressat für deinen Zorn! Ich habe deine Mutter nicht entführt. Ich versuche, irgendeinen Weg zu finden. Und ‚Danke' für dein Vertrauen!"

Paul ging zur Tür hinaus und knallte die Türe zu.

Er griff zum Handy und rief Nikos an.

„Sie haben Angelos´ Mutter entführt und er flippt vollkommen aus. Sonst ist er in brenzligen Situationen immer ruhig und überlegt. Stattdessen brüllt er mich an. Jedenfalls brauchen wir deine Hilfe!"

Nikos überlegte.

„Glaubst du, sie ist noch auf der Insel?"

„Nein. Dafür ist die Insel zu klein. Radio, Facebook und Getratsche – es dauert eine Stunde bis hier jeder verdächtig ist. Sie wird auf einem Schiff festgehalten, vermute ich, aber in der Nähe. Denn in Wirklichkeit wollen sie ganz sicher Angelos!"

„Dabei warst du derjenige, der deren Jungs erschossen hat", sagte Nikos.

„Ja, aber damit habe ich Angelos das Leben gerettet!"

„Weiß ich doch. Ok. Ich bin in einer Stunde da. Mit ein paar Leuten. Und die Seeraumüberwachung starte ich gleich. Ich telefoniere noch mit der Marine!"

„Die sollen aber nichts auf eigene Faust machen! Und ich habe noch eine andere Idee! Du wirst mich für vollkommen verrückt halten. Und es kann mich meine Ehe kosten."

Paul erläuterte seinen Plan.

„Du bist irre. Das wird er dir nie verzeihen. Obwohl du ihn damit retten könntest!"

„Dann überlebt wenigstens er."

Und Paul begann zu weinen.

30

Nikos war in Windeseile da. Mit dem Hubschrauber dauert es von Athen knappe 50 Minuten. Um Zeit zu sparen, landete er am Strand von Ftelia.

Er stürmte zur Tür herein und fand Paul und Angelos in der Küche. Stille.

„Hallo, Paul! Hallo, Angelos. Wir finden deine Mutter schon. Wir fahren die ganz großen Geschütze auf. Ich verspreche es dir. Es sind zwar überall Streifen und Hubschrauber unterwegs, aber Paul glaubt, sie ist auf einem Schiff. Wie auch immer: wir müssen wohl oder übel auf den Anruf der Entführer warten."

„Wenn sie sie nicht gleich umgebracht haben", brummte Angelos fast teilnahmslos.

„Reiß dich zusammen, Mann. Hast du in deiner Ausbildung gelernt, in einer Krisensituation im Selbstmitleid zu versinken? Wir brauchen dich. Sonst wird das nichts!", brüllte Nikos.

„Von mir aus können sie mich haben", gab Angelos zurück.

Paul gab Nikos ein Zeichen. Es war klar, dass sie auf Pauls Plan zurückgreifen müssten.

Dann brummte Pauls Handy.

Die Entführer.

„Markaris? Wenn Sie Ihre Schwiegermutter lebendig wiedersehen wollen, dann liefern Sie Ihren Mann aus. Aber ich denke, er stellt sich freiwillig. Er ist bestimmt ein guter Sohn! Details zur Übergabe später."

Der Anrufer lachte. Aufgelegt.

Englisch mit arabischem Akzent.

„Ortung?", fragte Nikos ins Mikro.

„Satellitentelefon!"

„Dann muss es ein Schiff sein", sagte Paul.

Nikos nickte.

„Ich stelle mich", sagte Angelos.

„Denkst du vielleicht mal eine Minute an mich?" Paul wurde laut.

„Ich kann nicht", sagte Angelos.

Paul fröstelte.

„Niemand stellt sich jetzt irgendwo. Wir haben Zeit bis zum nächsten Anruf. Vielleicht finden die Marine und die Hubschrauber etwas", sagte Nikos.

„Mein Entschluss steht fest", sagte Angelos.

„Ich verstehe dich nicht, Angelos. Würdest du uns wenigstens eine Chance geben?", antwortete Nikos.

„Du hast nicht nur eine Verantwortung gegenüber deiner Mutter, sondern auch gegenüber deinem Mann, verflucht!"

Aber Angelos reagierte nicht.

Nikos starrte Paul an, der nicht glauben konnte, was er hörte oder eher: was er sah.

Angelos ging zur Türe.
„Ich muss ein paar Schritte laufen!"
Nikos schaute zu Paul und nickte.
Paul rief „Angelos!"
Der drehte sich um.
In dem Moment schoss ihm Paul zielgenau in die rechte Schulter.
Angelos brach zusammen.
Paul hingegen rannte die Treppe hoch und schlug die Schlafzimmertüre hinter sich zu.
Er hatte auf seinen eigenen Mann geschossen.
Und der hatte ihn zuvor im Stich gelassen.
Nikos kam zur Türe rein und sagte nur: „Mach jetzt keinen Blödsinn! Kann ich jetzt nicht brauchen. Hoffen wir, dass es funktioniert!"
„Nein. Ich tue mir nichts an. Noch nicht!"

31

Merlina fror. Es wurde immer kälter in der Kajüte und ihre Muskeln rebellierten wegen der Fesseln. Sie wusste nicht, was schlimmer war: die Schmerzen oder die Kälte.

Dem Telefonat vor einer Stunde konnte sie folgen.

Die Entführer hatten mit Paul gesprochen. Und tatsächlich wollten sie Angelos. Um ihn zu töten. Wieder begann sie zu weinen.

Und sie befürchtete, dass er sich tatsächlich würde austauschen lassen. Das musste sie verhindern, auch wenn sie nicht wusste, wie. Sie konnte sich kaum rühren.

Ihre ganzen Hoffnungen lagen auf Angelos´ Chef Nikos, der ihren Sohn sehr mochte und immer gefördert hat. Und am meisten Vertrauen hatte sie in Paul. Er war schlau *und* liebte Angelos. Er würde einen Weg finden.

Plötzlich bekam sie einen Stich im Gehirn und ihr wurde übel. Ein Schlaganfall? Das würde alle Probleme lösen. Aber nein – es war etwas Anderes. Irgendetwas war passiert.

Sie fröstelte. Eine Mutter hat ein Gespür, einen siebten Sinn für Dinge, die ihren Kindern passierten. Und sie hatte nur noch eins.
Angelos.
Ist ihm schon etwas angetan worden?
Es war kein gutes Zeichen.
Paul.
Er musste einen Weg finden, Angelos zu retten.
Glaube daran, Merlina!
Er hatte es schon mehrmals geschafft.
Wenn, dann er.
Es war ihre letzte Hoffnung.

Einer der Entführer kam nach unten und griff sich das Telefon.
Jetzt würde es um den Austausch gehen. Streng dich an, Merlina, versuche, alles zu verstehen! Es könnte wichtig sein.

Als sie mitbekam, dass Angelos offensichtlich schon verletzt war, fiel sie in die finale Depression.

32

In Ftelia lag Paul im Bett. Nikos kam zur Türe rein.
„Wie geht es dir?"
„Mein Mann interessiert sich nicht dafür, was mit
mir ist oder was aus mir wird. Du hast es doch
gehört."
„Das war nicht er selbst. Bei der eigenen Mutter
setzt bei Männern oft das Hirn aus. Sie ist ja noch
jung, gerade mal so alt wie du", sagte Nikos.
„Das war jetzt aber ein vergiftetes
Kompliment. Weißt du, in solchen Situationen zeigt
sich, was Treueschwüre wert sind und ich war ihm
vorhin vollkommen egal."
Pause.
„Ich bin nicht blöd. Ich weiß, dass das eine üble
Situation für ihn ist. Aber für mich auch. Und genau
das sieht er nicht! Ich bin wie Luft für ihn."
„Nein, das kann ich nicht glauben. Ich kenne ihn seit
sieben Jahren. Ich kann mich nicht so getäuscht
haben. Er ist durcheinander, hat Angst um seine
Mutter und hat auch Angst um sich. Du weißt, sie
hatten ihn schon einmal in der Mangel. Es muss eine
traumatische Reaktion sein. Und wenn sie vorbei ist,
wird er erkennen, dass er vollkommen falsch
reagiert hat."
„Habt ihr ihn schon abtransportiert?", fragte Paul.

„Ja, er ist schon auf dem Weg nach Athen!"

„Ihr müsst ihn unbedingt bewachen. Es darf keiner rein, aber noch wichtiger: er darf nicht hinaus. Unterschätzt ihn nicht, er ist clever und klug", sagte Paul.

„Wäre er es nicht, hätte ich ihn nicht eingestellt, Paul!"

„Entschuldige!"

„Im Übrigen hast du ihn gut getroffen. Keine großen Gefäße, dafür eine Sehne, damit ist sein Schussarm lahmgelegt. Der Teil deines Plans hat funktioniert. Kompliment. Mir wäre so etwas nicht eingefallen", sagte Nikos anerkennend.

„Das fällt einem ein, wenn man verzweifelt und gleichzeitig verliebt ist. So, jetzt fange ich an zu Weinen. Wenn du dir das ersparen willst, solltest du gehen", erwiderte Paul leise.

Aber Nikos rückte näher an Paul und legte den Arm um ihn.

Dann brachen alle Dämme.

„Hat er mich sehr beschimpft?", fragte Paul.

„Kein Kommentar. Würde er auf dich schießen, wärst du auch nicht erfreut, oder?"

„Ich würde mir überlegen, warum er das wohl gemacht hat, er kennt mich. Meine Gedankengänge, meine unkonventionellen Methoden. Er muss den Plan ja nicht verstehen, aber zumindest begreifen, dass es einen Sinn haben MUSS, wenn ich etwas mache!"

„Aha. Welcher Sinn steckte denn hinter dem Sex auf der Flugzeugtoilette? Wobei ‚steckte' ziemlich gut passt!"

Paul musste lachen. Es war eher eine Mischung aus Lachen und Weinen.

„So gefällst du mir schon besser", kam von Nikos.

„Ich packe meine Sachen und ziehe ins Hotel. Ich kann hier nicht bleiben!"

„Bitte tu das nicht!"

„Es geht nicht anders. Sonst werde ich zum nächsten Ausfall", meinte Paul.

„Was sagen wir, wenn die Entführer ihn haben wollen, er aber in Athen ist? Sie werden Merlina töten und dann können wir ohnehin alles vergessen. Es endet alles in einer Katastrophe!"

„Nicht du auch noch. Reiß dich zusammen. Mir fällt schon etwas ein. Wir müssen jedenfalls Zeit gewinnen. Ich muss mich jetzt mit der Marine in Verbindung setzen. Vielleicht haben sie schon ein paar Schiffe im Verdacht!"

„Nikos, da draußen sind Hunderte von Schiffen. Und dumm sind diese Brüder nicht!", sagte Paul leise.

„Du vergisst, dass du es schon einmal geschafft hast!"

„Hätte ich es damals richtig gemacht, säßen wir jetzt nicht hier!"

„Kein Selbstmitleid, Paul, kämpfen!"

„Für was?", war Pauls Antwort.

33

Zwanzig Minuten später kam er, der zweite Anruf der Entführer.

„Austausch um 2200 auf See, Ware soll backbord stehen, mit Beleuchtung."

„Es ist keine Ware, sondern ein Mensch, du Arschloch!", brüllte Nikos in das Handy.

„Nur die Ruhe. Ich weiß nicht, ob die alte Dame Schmerzen erträgt. GPS-Daten werden später mitgeteilt."

Kaum war das Gespräch beendet, begann Nikos zu grinsen. Es ging also los. Und die Voraussetzungen waren nicht ganz so schlecht. In seinem Geist formten sich Fragmente eines Plans langsam zusammen.

„Chef! Anruf aus Athen. Angelos tobt in seinem Zimmer und zerlegt die Einrichtung. Sie fragen, was sie tun sollen."

„Fixieren und ruhigstellen!", befahl Nikos.

Armer Kerl. Aber um Mitternacht könnte alles vorbeisein. So oder so.

„Und verständigt sofort Timon. Er soll sofort hierher. Die Visagistin muss mit. Und ein Friseur!"

Nikos´ Mitarbeiter schaute ihn entgeistert an.

„Nicht glotzen! Ausführen! In einer Stunde sind alle da!"

Der zweite arme Kerl saß oben. Und der musste jetzt topfit sein. Paul würde eine entscheidende Rolle spielen müssen.

„Paul! Schluss mit Gejammere. Du musst Merlina retten. Denk einfach daran. Sie war immer gut zu dir!"
Damit hatte Nikos recht.
„Bist du jetzt bei der Sache? Folgendes: ich lasse Timon einfliegen. Er sieht Angelos ähnlich. Gleiche Größe, gleicher Körperbau.
Mit Kosmetikerin und Friseur schaffen wir es, ihn wie Angelos aussehen zu lassen. Zumindest auf weite Entfernung. Und dich müssen wir komplett in schwarz kleiden. Ich erkläre es dir später. Jetzt muss ich mich um Timon kümmern!", sagte Nikos.
Ein Hubschrauber näherte sich.
Hoffentlich sind alle an Bord, dachte er.
Dann müsste er noch mit der Marine sprechen.
Himmel, ich kann nicht alles alleine machen. Paul, ich brauche dich.
Da öffnete sich die Schlafzimmertüre und Paul kam die Treppe herunter.

Nikos atmete auf.

Er wusste von Paul, dass dieser in Extremsituationen eiskalt und wie ein Roboter funktionieren konnte. Er hoffte, es würde heute genauso sein.

„Was ist der Plan?", fragte Paul.

„Wie versuchen, Timon so herzurichten, dass er Angelos so ähnlich sieht, dass man sehr nahe heranmuss, um ihn zu erkennen. Nahe genug, um auf das andere Schiff zu kommen."

„Er soll die weiße Uniform von Yannis anziehen, samt Schirmmütze", sagte Paul. „Der dürfte die gleiche Größe haben!"

Auf dem Ohr hörte Nikos, dass die Entführer die GPS-Daten durchgegeben haben.

„Und wo zum Teufel ist das?"

„Dauert einen Moment. Ja, jetzt haben wir es. Etwa zehn Kilometer östlich vom Hafen. Ist knapp in internationalen Gewässern."

„Das ist mir vollkommen egal. Zur Not fahre ich da mit einem Flugzeugträger rein!"

Nun hatte die griechische Marine natürlich keinen Flugzeugträger, aber Nikos würde alles aufbieten, was sie hatten.

„Sagt denen, sie sollen alle Schiffe, die sich auf den Punkt zubewegen, beobachten!"

„Chef, der Punkt liegt ziemlich nah an der Hauptroute nach Piräus. Da fahren …"

„Dutzende von Schiffen. Schon kapiert!"

Mist.

Dumm waren sie nicht. Klar, sonst wären sie schon längst tot und nicht groß im Geschäft.

„Trotzdem! Vielleicht fällt denen auf dem Radar irgendetwas auf. Jedes Krümelchen Information ist wichtig!"

34

„Ein auffällig schneller Fischkutter von Süden", meldete die „Kerkyra".

„Dranbleiben", meinte Nikos, „aber nicht nähern!"

„Sie haben ein frisiertes Fischerboot", sagte Nikos zu Paul.

„Entfernung von Rendezvous 16 Seemeilen", lautete die nächste Meldung.

Zwischenzeitlich war auch Timon soweit hergerichtet, dass er – mit Uniform – Angelos wenigstens glich.

„Gut gemacht", meinte Paul anerkennend zu der Visagistin. „Aber wir müssen genau den Moment erwischen, an dem sie erkennen, dass es eben nicht Angelos ist. Besser eine Sekunde vorher!"

„Dumm ist nur, dass wir vorher mit voller Weihnachtsbeleuchtung fahren müssen", knurrte Nikos.

„Das ist nicht so schlimm. Im Gegenteil. Das lenkt sie ab von dem, was von der anderen Seite kommt. Sie müssen uns nur Steuerbord anfahren. Gott, ist mir übel!", meinte Paul.

„Du bist wirklich eine Schande für unser Land. Ein Grieche und seekrank!", lachte Nikos. Humor ist wichtig, wenn die Stimmung zum Zerreißen gespannt ist.

„Scharfschützen?", fragte Paul.

„Bei den Tauchern und zwei oben unter den Planen."

„Keine besonders gute Tarnung", gab Paul zurück.

„Die machen mir nicht die größten Sorgen, sondern die Taucher. Hoffentlich stellen sie die Wachen Steuer- und Backbord auf, nicht An Bug und Heck. Das ist der einzige Überraschungseffekt, außer den Blendgranaten und dem anschließenden Feuer", antwortete Nikos.

„Wenn sie Angelos´ Mutter aber an Deck haben, sind wir die Dummen."

„Das glaube ich nicht. Vielleicht versuchen sie, beide zu kriegen!"

„Entfernung 8 Seemeilen", hörten Paul und Nikos auf dem rechten Ohr.

„Du solltest dich auch langsam fertig machen und das Gesicht schwärzen. Und vergiss die Zähne nicht. Es ist immer wieder der gleiche Fehler."

Und wieder warten!

„Sie haben die Geschwindigkeit reduziert. Etwa 3 Minuten!"

„Tja, schade, dass wir Angelos nicht hierhaben!", sagte Paul.

„Ja. Er ist der beste Schütze! Aber den hast du außer Gefecht gesetzt", knurrte Nikos.

„Um ihm das Leben zu retten. Und ich habe es dir vorher gesagt!"

„Schon gut! Sie kommen!"

Und sie kamen. Steuerbord.

Ein Lichtkegel erfasste das gesamte Deck, tauchte Timon alias Angelos aber kurzzeitig in den Schatten. Lang genug.

Von Bord des Militär-Schnellbootes gingen nun auch starke Lichtkegel an.

„Das ist er nicht!", hörte man vom anderen Boot.

„Grün", rief Nikos ins Mikro. „Timon, Deckung!"

Die ersten Schüsse peitschten über die Decks.

Von Steuerbord des Entführerschiffs kamen die Taucher mit Enterhaken an Bord und feuerten.

El-Zain konnte seinen Bruder nicht mehr rächen. Sein Kopf explodierter als erster.

Am Heck quälte sich Paul hoch, unbeobachtet von allen anderen. Er hoffte, dass es keine Querschläger gab. An Bord angekommen, ging er in die Knie vor Anstrengung. Noch vor einem Jahr wäre er keinen Meter die Bordwand hochgekommen.

Die Schüsse wurden vereinzelter.

„Kopfschüsse durch unsere Leute", hoffte Paul. Vorsichtig tastete er sich nach vorne. Die Lichter waren zwischenzeitlich erloschen oder zerschossen worden.

35

„Ich komme jetzt rein. Ich bin unbewaffnet!", rief Paul und hoffte, dass keine Salve durch die Kajütentür kommen würde.

„Ich halte die Pistole direkt an ihren Kopf", schrie Maher.

„Schon klar, ich öffne jetzt langsam die Türe."

Paul betrat den Raum und sah Merlina gefesselt auf der Bank sitzen. Die Augen angstgeweitet.

„Ich habe keine Pistole dabei. Du kannst mich durchsuchen!"

„Komm her!"

Maher filzte Paul.

„Setz dich! Du bist genauso tot wie die da! Ihr habt uns gelinkt. Der Stricher ist nicht da. Pech gehabt."

„WARTE! Hör zu, dein Freund wollte Angelos, weil der seinen Bruder angeblich getötet hat.

Aber dein Freund ist tot. Er liegt oben an Deck. Was also hast du damit zu tun? Willst du nicht lebend hier raus?", fragte Paul.

„Und mach ihr bitte den Knebel ab." Maher löste das Tuch um Merlinas Mund. Die atmete tief ein.

„Hallo, Merlina! Geht's dir einigermaßen?"

„Hallo Paul! Wo ist Angelos?"

„Weiß ich nicht. Er hat mich verlassen!"

„WAAASS?"; schrie Merlina.

„Schluss jetzt mit dem Familientratsch. Was hast du zu sagen, Bulle."

„Ich mache dir einen Vorschlag, der dir irrsinnig vorkommt, aber bitte hör zu!

Du lässt Merlina frei!"

„Dann knallt ihr mich bei Verlassen der Kajüte ab!"

„Nein, ich gebe den Befehl, nicht zu schießen!"

„Warum sollte ich dir glauben?"

„Weil ich ohnehin schon tot bin. Du weißt, warum!"

Maher schaute kritisch.

„Ich nehme dich mit auf mein Boot, die anderen schicke ich weg. Dann fahren wir zum Hafen. Du setzt mich ab und kannst dann mit dem Boot verschwinden. Die finden dich nie. Sie werden glauben, du säßest bei mir im Gefängnis. Und ich werde sagen, du wärst geflüchtet. Basta! Ich will, dass Schluss ist. Für mich und Angelos kommt es zu spät, aber es hat genug Tote gegeben.

Dein Geschäft kannst du weiter betreiben.

Ich werde den Dienst quittieren. Den Rest besprechen wir auf der Fahrt. Das ist mein Angebot."

Merlina schaute vollkommen verdutzt, begann dann aber zu lächeln. Das war wieder einmal eine typische Paul-Lösung.

Aber was war das mit dem ‚Angelos hat mich verlassen'?

Maher sah nicht weniger verwirrt aus.
„Du lässt mich laufen und mich weiter die Geschäfte machen? Du bist ein schöner Kommissar!"
Dann begann er zu lachen.
„Ein todmüder Kommissar!"
„Hau ab!" sagte Maher zu Merlina, nachdem er das Tape durchschnitten hatte.
„Nikos? Merlina kommt raus! Mitnehmen und alle zurückziehen! Ich wiederhole: zurückziehen!"
Krächzen im Gerät.
„Was soll das heißen?", fragte Nikos.
„Bitte tu, was ich dir sage! Ich nehme den Gefangenen mit in den Hafen. Niemand folgt uns, sonst bin ich tot!"
„Verstanden!"
„So, mein Freund, und jetzt tauschen wir die Kleider!"
„Du bist wirklich so verrückt, wie alle sagen!"
„Ja, das bin ich wohl. Leider weiß es keiner zu würdigen", sagte Paul deprimiert.

36

Athen

Nikos betrat das Krankenzimmer in der Athener Klinik. Frisch sediert benötigte der einige Momente, um zu realisieren, wer gekommen war.

„Nikos, binde mich los! Was ist mit Mutter?", sagte ein sichtlich geschwächter Angelos.

„Nur, wenn du versprichst, nicht wieder zu randalieren!"

„Ehrenwort", sagte Angelos.

„Was immer das bei dir wert ist!", murmelte Nikos.

„Was meinst du damit?"

„Das weißt du ganz genau!"

Nikos entfernte die Gurte.

„Sei vorsichtig beim Aufstehen. Die Muskeln krampfen bestimmt!"

Und so war es. Angelos fiel zwei Mal ins Bett zurück, bis es klappte.

„Was ist jetzt mit Mama?"

Nikos verließ wortlos den Raum. Kurz darauf kam Merlina ins Zimmer.

Angelos strahlte. „MAMA". Er stürmte auf sie zu und drückte und küsste sie. Von ihr hingegen kam keinerlei Reaktion. Sie stand im Raum wie versteinert.

„Ich bin so froh, dass es dir gutgeht", sagte Angelos, bis er begriff, dass etwas nicht stimmte.

„Was ist los?"

Merlina ging auf ihn zu und schlug ihm zwei Mal ins Gesicht.

„Du bist nicht mehr mein Sohn", sagte sie unter Tränen.

Angelos verstand gar nichts. Er hatte doch nichts getan?

„Ich dachte immer, ich hätte einen Sohn mit Charakter. Nun stellt sich heraus, dass ihm Vertrauen und Treue nichts bedeuten!"

Langsam dämmerte ihm, um was es ging.

„Paul hat auf mich geschossen, Mama! Hast du das vergessen?"

„Wie könnte ich? Nur deswegen lebe ich noch. Er hat dir absichtlich in den Arm geschossen, um dich zu schützen und hier in Athen in Sicherheit zu bringen. Er wusste, dass du fliehen würdest – deshalb der Schuss in die Schulter. Ohne deinen Schussarm wärst du nicht in der Lage für einen Rambo-Einsatz. Kannst du dir vorstellen, wie schwer es ist, auf einen Menschen zu schießen, den man liebt? Natürlich nicht. Du denkst ja nur an dich!"

„Das ist nicht fair", sagte Angelos und begann zu weinen.

„Paul hatte eine Stunde, um sich unter Druck etwas einfallen zu lassen. Und du ziehst ihm den Boden unter den Füßen weg. Aber er ist nicht durchgedreht, sondern hat weitergedacht und gehandelt. Hätte er es nicht, wäre ich jetzt tot. Paul hat zwei Menschen gerettet: dich und mich, ohne Rücksicht auf sein Leben, das für ihn jetzt ohnehin vorbei ist. Weil ihn sein Mann vollkommen im Stich gelassen hat, als es darauf ankam!"

Nikos kam wieder herein.
„Du hast ihm klargemacht, dass dich sein Schicksal nicht interessiert."
„Das stimmt doch nicht. Herrgott, ich war in Sorge um dich, ich war unter Schock!"
„Aber du warst nicht in Sorge um deinen Mann!", zeterte Merlina.
„Obwohl der nichts anderes im Sinne hatte, als dich zu beschützen und dann deine Mutter zu befreien. Und du dankst es ihm, indem du ihm deutlich zeigst, dass dich sein Leben nicht interessiert. Hast du eine Ahnung, was mit dem Mann danach passiert ist? Er ist bei lebendigem Leib verstorben. Hülle noch da, Herz und Seele tot. Und trotzdem hat er noch weitergemacht. Er hatte dir ja versprochen, alles zu tun, was er könne, um dich und Merlina zu retten.

Und er hat es geschafft und sein Versprechen gehalten."

Kurze Stille im Raum.

„Im Gegensatz zu dir. Du hast keine Sekunde darüber nachgedacht, was mit Paul passiert, wenn du dich stellst. Es war sein Todesurteil, weil er ohne dich nicht leben kann, wie du ganz genau weißt."

„Hätte ich mich austauschen lassen, wäre das auch ein Todesurteil gewesen", antwortete Angelos.

„Bist du tot? Pauls Plan hat funktioniert, du lebst. Merlina lebt. Und Paul? Der ist vorgestern zerbrochen. Ich würde dich am liebsten …"

Angelos schluchzte laut auf.

„Ich hatte solche Angst um dich, Mama!"

„Aber keine Angst um deinen Mann. Oder Ex-Mann. Mir wäre es lieber gewesen, ach, es ist jetzt ohnehin müßig, du hast etwas zerstört, was du niemals mehr finden wirst."

Angelos platzte fast der Kopf. Er erinnerte sich nur bruchstückhaft. Es stimmte: ab der Nachricht, dass seine Mutter entführt worden war, fehlten ihm einige Teile der Erinnerung. Und da sind wohl Worte gefallen …

„Nikos, was genau habe ich gesagt oder getan?"

Nikos füllte die Lücken und Angelos wurde es kalt.

Er hatte es verbockt.

„Wo ist Paul?"

Nikos schaute Merlina an.

„Er sitzt in seinem Zimmer im ,Apollo'-Hotel und starrt die Wand an!"

„Er ist in einem Hotel?", fragte Angelos.

„Ja. Er kann nicht mehr ins Haus zurück. Zu viele Erinnerungen an dich!"

„Das war's dann also", sagte Angelos.

Er stand auf, rannte zum Fenster, öffnete es und stellte sich auf den Fenstersims.

„ANGELOS! NICHT!!

37

Paul saß in seinem Zimmer im Hotel und starrte vor sich hin. In ihm herrschte vollkommene Leere. Er hatte zwar seine Ziele erreicht. Merlina lebte, Angelos lebte – nur er war wie tot. Er war ein gebrochener Mann.

Das Schlimme: damit hatte er nicht gerechnet. Am Anfang hatte er noch die Angst, es könne auseinandergehen. Aber je länger die Beziehung dauerte, desto sicherer war er geworden, dass sie hält und nichts ihn und Angelos würde je auseinanderbringen können. Besonders nach dem Einzug ins gemeinsame Haus.

Als er Angelos fragte, ob er denn nicht auch an ihn denke und dieser nur mit den Achseln zuckte, war der Moment gekommen.

Paul war nicht wütend, nicht mal enttäuscht.

Er war sich nicht schlüssig, was er tun sollte. Aber eines war ihm klar: ein Leben ohne Angelos war nicht vorstellbar.

Sein Handy brummte.

Merlina.

Ich sollte rangehen. Sie kann ja nichts dafür.

„PAUL! DU MUSST SOFORT KOMMEN!"

„Was? Wohin?"

„Nach Athen. Angelos steht auf dem Fenstersims und will springen. Wir sind im neunten Stock."

„Oh Gott, Merlina, spinnt er jetzt ganz? Das tut mir leid für dich. Aber wie sollte ich helfen können? Wie sollte ich überhaupt nach Athen kommen?", fragte Paul.

„Nikos schickt dir einen Hubschrauber. Bitte Paul, tu es mir zuliebe. Ich will nicht noch einen Sohn verlieren!"

Sie begann heftig zu weinen.

„Beruhige dich, Merlina. Ich komme, dir zuliebe."

„Angelos, bitte! Paul kommt. Steig wieder runter! Nikos! Tu doch etwas!", schrie Merlina.

„Keiner kommt mir näher", sagte Angelos.

„Bitte, Sohn, warte wenigstens auf Paul. Mir zuliebe. Ich kann nicht auch noch dich verlieren, bitte!"

Merlina begann zu schluchzen und sank auf die Knie. Nikos kniete sich hin.

„Angelos! Das kannst du deiner Mutter nicht antun!", sagte Nikos ruhig.

Nicht brüllen und beruhigend sprechen. Das lernt jeder Verhandlungsführer bei Polizei und Geheimdienst.

„Ich habe alles ruiniert. Ich hätte Paul vertrauen müssen. Er wird mir nicht verzeihen!"

Nein, das wird er nicht, dachte Nikos, konnte es aber natürlich nicht sagen.

„Versprich mir und deiner Mutter, dass du wenigstens auf Paul wartest. Bitte!"

Stille.

„Ich verspreche es!"

Nikos und Merlina atmeten auf.

„Kann ich Kaffee holen gehen, ohne dass du etwas Dummes tust? Deine Mutter braucht dringend etwas zu trinken!"

Es kam ein emotionsloses ‚Ja'!

„Er kommt in Wirklichkeit gar nicht, oder?", fragte Angelos. Die Sedierung, die ihm im Blut steckte, ließ ihn zusätzlich schwermütig werden.

„Er kommt. Oder meinst du, ich lüge dich an? Ich bin deine Mutter!"

Richtige Antwort. Nikos nickte Merlina zu.

Es schien eine Ewigkeit zu dauern, bis man das Geräusch eines Hubschraubers vernahm, immer lauter, die Fenster klirrten. Der Landeplatz lag auf dem Dach.

39

Paul kam in das Zimmer.

„Gott sei Dank! Paul, Tu etwas!", sagte Merlina.

„Hallo, Angelos", sagte Paul.

„Paul, es tut mir leid. Das wollte ich dir noch sagen!"

„NEIIIN", schrie Merlina.

Angelos ließ den Fensterrahmen los.

„ANGELOS!", rief Paul, „tue es nicht. Wenn du noch etwas für mich empfindest, dann komm wieder herunter!"

„Empfindest du denn noch etwas für mich?", fragte Angelos.

Paul zögerte. Merlina schlug ihm auf den Arm.

„Ja, natürlich!"

„Das sagst du nur, damit ich nicht springe", sagte Angelos leise.

Paul holte tief Luft.

„Nein. Ich liebe dich. Daran hat sich nichts geändert. Spätestens wenn du dich umdrehst und ich dich sehe, ist es mit mir ohnehin wieder geschehen. Ich habe in den letzten Stunden eines begriffen: ich bin von dir abhängig und du kannst mir so wehtun, wie du willst, es hat keinen Zweck: ich liebe dich!"

Merlina streichelte Paul am Arm, war aber noch immer unter Hochspannung. Und sie machte sich

Vorwürfe. Vielleicht war sie zu hart gewesen zu ihrem Sohn und hatte alles erst provoziert. Egal, Paul schien es geschafft zu haben.

Angelos kam vom Sims herunter und sank auf dem Zimmerboden zusammen.

40

Merlina wurde in dem Moment ohnmächtig. Eine Entführung und ein drohender Selbstmord waren zu viel für sie.

Nikos rief nach der Schwester und dem Arzt.

„Was ist denn hier los?", fragte der herbeigeeilte Doktor.

„Kümmern Sie sich bitte um die Frau. Die zwei dahinten brauchen eine andere Art Hilfe!"

Paul legte sich neben Angelos und streichelte ihn. Als der langsam begriff, was passiert war, zog er Paul heran und erdrückte ihn fast.

„Du brauchst nichts zu sagen", flüsterte Paul.

„Verzeih´ mir. Ich liebe dich doch! Ich war ein Idiot!"

„Sag einfach nichts. Ich bleibe bei dir!"

Angelos begann hemmungslos zu schluchzen. Und Pauls Mitleid war grenzenlos.

Vergessen waren jede Wut und jeder Zorn.

Armer Kerl.

Wenn man zusammenrechnet, was Angelos in 28 Jahren alles erleiden musste, kam eine Liste zusammen, die erschreckend war und die in Paul Bewunderung hervorrief. Immer wieder aufstehen und immer noch mit Humor durchs Leben gehen.

„Ich muss dir etwas sagen, Angelos!"

Dessen Augen weiteten sich vor Angst.

„Beruhige dich. Ich werde kündigen und ich möchte, dass du es auch tust. Ich halte diesen emotionalen Stress nicht mehr aus. Irgendwann erwischt es einen von uns und das will ich nicht. Überlege es dir!"

Angelos nickte.

„Und von was leben wir?", fragte er.

„Ach, wir haben ein wenig Geld auf unserem Konto, nicht? Dann gibt es noch deine Eltern. Und ganz dumm sind wir beide nicht. Uns fällt schon was ein!"

„Es ist alles wieder gut?", fragte Angelos kleinlaut.

„Ja, mein Großer. Und außerdem: soll ich alleine in dem Film mitspielen? Das will wirklich keiner sehen!"

Zum ersten Male seit Tagen lachte Angelos herzhaft. Dieses Lachen, das tief aus seinem Inneren kam.

Einer der Gründe, warum Paul ihn nicht verlassen konnte.

„Du hast recht. Was wäre ein Sex-Film ohne eine Sexgranate!"

Er war wieder der Alte.

Vom anderen Ende des Zimmers hörte man ein „Gott sei Dank. Dann kann ich jetzt endlich nach Hause."

Es war Nikos.

41

Aminitidis war unruhig. Sein Kontaktmann zu den Drogenhändlern, ein Mann namens Sabra, hatte alle, die am Vertriebskanal beteiligt waren, zusammenrufen lassen. Und als Treffpunkt Aminitidis´ Club bestimmt.

Warum gerade hier? hatte er gefragt.

„Weil ich es so will!", hatte Sabra geantwortet und aufgelegt.

Und dann trafen sie langsam ein.

Die crème de la crème der Insel. Fast alle Clubbesitzer und erstaunlich viele Eigentümer von Bars und Restaurants.

Eigentlich fehlten nur die Vertreter der kleinen Klitschen.

Zum ersten Male bekam Aminitidis eine Ahnung davon, welches Ausmaß das Drogensystem auf Mykonos hatte.

Und welchen Umsatz Sabra und Konsorten auf der Insel machten.

Ein schwarzer SUV fuhr vor. Sabra und drei Schwerbewaffnete stiegen aus.

Grußlos ging Sabra an Aminitidis vorbei, blieb aber plötzlich stehen.

„Es kommt noch ein zweites Fahrzeug. Durchlassen. Alle da?"

Woher soll ich das wissen, dachte Aminitidis.

Da er aber nicht scharf auf einen Kopfschuss war, nickte er nur.

Sabra nahm das Mikrofon.

„Sie alle wissen, dass es im letzten Jahr erhebliche Probleme mit der Warenlieferung gab. Sie wurde immer wieder unterbrochen. Das alles gehört nun der Vergangenheit an.

Denn die Männer, die uns allen das Leben so schwer gemacht haben, dürfen wir heute begrüßen."

Durch einen Seiteneingang kamen Paul und Angelos in den Raum.

Unruhe ergriff den gesamten Raum.

„Eine Falle!", hörte man aus verschiedenen Ecken.

Manche der Gäste wollten fliehen, wurden von Sabras Leuten aber daran gehindert.

„Alle wieder hinsetzen! Sofort! Oder möchte hier heute jemand sterben?"

Die Leute beruhigten sich.

Was blieb ihnen auch anderes übrig?

„Und nun rate ich Ihnen, den Worten des ehemaligen Kommissars Markaris aufmerksam zu folgen. Paul?"

Ex-Kommissar? Paul?

Was war hier los?

Jetzt wurde die Neugier größer als die Angst.

Paul stieg auf das Podestelement.

„Guten Tag zusammen. Wir kennen uns ja alle. Mich überrascht, wie viele Mitglieder dieser Club hatte. Bei einigen – Hallo, Kostas! – war es mir ja klar … Wie auch immer. Sie können sich zunächst beruhigen. Sie werden weder verhaftet, noch gefilmt oder abgehört."

Erleichtertes Aufatmen.

„Vielmehr geht es um die zukünftige Organisation der Verteilung", sagte Paul.

Der Raum war voller erstaunter und ungläubig dreinschauender Gesichter.

„Ich scheide in drei Monaten aus dem Dienst aus. Bis dahin wird es keinerlei Kontrollen durch Polizei oder Geheimdienst geben. Danach bleibt die Stelle auf jeden Fall erstmal unbesetzt, ich denke, mindestens sechs Monate. Ich würde daher schätzen, dass Sie alle – einschließlich Maher hier – genügend Zeit haben, um sehr viel Ware zu verkaufen oder zu lagern, was ich Ihnen empfehlen würde!

Sie werden sich jetzt bestimmt fragen, was das alles soll und warum ich den Dienst quittiere. Es ist ganz einfach: es gab genug Tote auf dieser Insel. Zu viele. Aber viel wichtiger ist – und das wissen Sie alle: ich und mein Mann möchten endlich in Frieden leben.

Wir werden eine Bar eröffnen oder eine Privatagentur, die aber um Drogen einen großen Bogen machen wird. So. Das wär´s. Den Rest erklärt Ihnen Maher."

Die Gesichter im Publikum glichen denen in einer Glyptothek.

Ein Kommissar, der mit einem Drogenhändler eine Vereinbarung trifft?

Das ist selbst für griechische Verhältnisse ungewöhnlich. Andererseits: es bedeutet: höherer Umsatz, noch höherer Gewinn, sprich: Mykonos! Und das ohne Bedrohung für einen selber oder die Familie!

„Ach – eines hatte ich vergessen: ich erhalte kein Geld, um dies klarzustellen!"

42

„Sie machen das sehr gut, Paul!", sagte der Regisseur.

„Nur sollten Sie beim Achsellecken ab und zu in die Kamera schauen!"

„Dann sehe ich die Achsel nicht mehr und die Fliesen möchte ich nicht säubern", knurrte Paul zurück.

Angelos lachte – wie immer.

„Außerdem haben wir ein Problem: es ist kein Schweiß mehr da. Könnten Sie nochmal auf das Laufband?"

„Ich soll noch einmal 20 Minuten rennen?", fragte Angelos entsetzt.

„Dann können Sie mich ins Bett legen!"

Der Regisseur überlegte.

„Wir könnten auch etwas Anderes nehmen, das glänzt. Vaseline oder, nein, besser: Olivenöl!"

„Wenn Sie glauben, dass ich Olivenöl lecke, haben Sie sich getäuscht. Ich hasse Olivenöl."

„Dann wird das ganze schwierig", meinte der Regisseur.

„Außerdem ist jetzt irgendwie die Spannung raus", sagte Angelos und deutete nach unten.

Wenn Angelos schon schwächelt, dann wird es bei mir noch schwieriger, dachte Paul.

Das Geburtstagsgeschenk wird zum Desaster.

„Paul, komm mal bitte her", sagte Angelos.

„Wir schmeißen die jetzt raus. Die haben zwei Mal kassiert und das reicht. Und dann machen wir unser eigenes Drehbuch!"

Paul lachte.

„Und genau so machen wir es."

„Das kannst du mir nicht antun", schrie Nikos. „Nicht nach dem, was ich für dich und Paul getan habe. Hast du das alles vergessen, Angelos?"

„Nein, habe ich nicht. Aber du hast dafür auch viel bekommen. Oder habe ich dich jemals enttäuscht?"

Nikos knurrte etwas Unverständliches.

„Es geht nicht mehr. Ich kann das Paul nicht mehr zumuten. Er kann nicht alle drei Monate über seine Grenzen hinausgehen, weil er wieder einmal mir aus der Patsche helfen muss. Wir wollen doch nur ein bisschen Frieden in unserem Leben. Das ist alles. So schwer zu verstehen?"

Ein leises ‚Nein' war zu hören.

„Dann geh mit Gott. Ich werde dich vermissen. Und deinen durchgeknallten Mann! Was wollt ihr denn jetzt tun?"

„Ach, da wird sich schon etwas finden. Eine kleine Bar oder wir werden Privatdetektive!", meinte Angelos.

„Oh Gott, der neue Polizeichef auf Mykonos ist jetzt schon zu bedauern! Dann lieber die Bar. Ich hätte schon einen Namen: ‚Massenmörder'!"

„Sehr witzig. Ich werde es Paul ausrichten. Gott sei Dank hat er immer im rechten Moment getroffen!"

„Und immer ins linke Auge!", sagte Nikos lächelnd.

„Dann wäre ‚Golden Eye' oder ‚Top Gun' gut. Letzteres würde auf euch beide passen!"

„Das gefällt mir schon besser", sagte Angelos und stand auf.

„Viel Glück, Nikos. Und wenn du Hilfe brauchst …"

„Auf den Satz habe ich gehofft. Danke, Angelos. Für alles!"

Paul Katsetis – Die Bestie von Mykonos

Zwei Kriminalbeamte, Alexandros und
Angelos, quittieren den Dienst und eröffnen
gemeinsam auf Mykonos eine Bar. Nebenher
betreiben sie eine kleine Privat-Detektei. Da
die Polizei chronisch unterbesetzt ist, werden
Alex und Angelos – wegen ihrer Erfahrung -
regelmäßig hinzugezogen.
Mykonos ist in Aufruhr. Offensichtlich foltert,
vergewaltigt und tötet ein Mann junge
Touristen. Um ihn zu stellen, bleibt nichts
anderes übrig, als dass Angelos den

Lockvogel spielt – mit furchtbaren Konsequenzen ...

Paul Katsetis – Der Der-Sterne-Mord

Im besten Restaurant der Insel wird der Chefkoch, ehemals Leibkoch Gaddafis, mit durchschnittener Kehle aufgefunden. Ein schwieriger Fall für Alex und Angelos, zumal die eigene Familie mit beteiligt ist. Der Fall erfährt eine erstaunliche Wendung, als die beiden Ermittler erfahren, dass der britische Außenminister Mykonos besucht – auf dem Landsitz des griechischen Premierministers.

Paul Katsetis – Rache

In Ano Mera auf Mykonos, wird ein Priester tot aufgefunden, dessen Leiche übel zugerichtet ist. Es sieht nach einem Rachemord aus – doch wofür?

MYKONOS LOVE STORY 1

Die brennende Gestalt taumelte und fiel mit einem Zischen zu Boden.
Ein letztes Stöhnen und es war vorbei.

Kommissar Paul Pandis steht vor einem Rätsel. Ein gewöhnlicher Buschbrand entpuppt sich als Doppelmord.

Doch Pandis hat noch ein Problem:
Er hat sich verliebt. In seinen Kollegen Angelos. Ein Coming-Out mit 53!
Sein Leben wird zur Achterbahn, aber auch zur glücklichsten Zeit seines Lebens.

MYKONOS LOVE STORY 2
Das goldene Ei

High Society wie die Kunstwelt blicken nach Mykonos. Ein bisher verschollen geglaubtes Zaren-Ei soll auf der Insel ausgestellt werden.
Ein Sicherheits-Alptraum für Kommissar Paul Pandis.
Dennoch: zumindest keine Mordermittlung.
Zunächst.
Dann wird auf einer Yacht eine weibliche Leiche gefunden.
Es ist Pandis´ Ex-Frau.
Und die war zuvor wenig begeistert davon, dass Pandis nun mit einem Mann verheiratet ist.

MYKONOS LOVE STORY 3
Morgenröte über Mykonos

Er lag mit dem Rücken auf etwas und war gefesselt.
Was war hier los?
Ich bin doch nur ein Tourist?
Es muss ein Missverständnis sein.
Er konnte sich nur an einen Schlag erinnern.
Dann das große Nichts. Er hörte Schritte.
Chrysi Avgi, es lebe die Goldene Morgenröte!"
Dann hielt einer der Männer seinen Kopf hoch.
Der Andere rammte ihm zwei dünne, orthodoxe Gebetskerzen in die Nase.

Kommissar Pandis und die ganze Insel sind fassungslos angesichts zweier brutaler Morde. Die Spur führt ihn zur „Goldenen Morgenröte", einer rechten Splitterpartei. Und für Pandis und seinen jungen Ehemann Angelos wird es richtig gefährlich, denn als Schwule sind sie das „Hassobjekt No.1!"!

MYKONOS LOVE STORY 4

Mykonos Speed

Der Ferrari wurde immer schneller.
Passierte das Ortsschild.
Vor ihm der große Kreisverkehr.

Pedal, kein Druck, Erstaunen.
Pedal, kein Druck, Panik.
Dann flog er über das Geländer und krachte in das Denkmal.
8 Min 42 Sekunden von Ano Mera.
Das war neuer Rekord. Es war sein letzter.

Kommissar Paul Pandis und Ehemann Angelos halten es zunächst für einen Verkehrsunfall. Das Unangenehme: Das Opfer ist der Sohn des Bürgermeisters. Doch der Wagen war gestohlen. Und es Ist beileibe nicht der erste verschwundene Ferrari auf der Luxus-Insel.
 Und eine weitere schwere Prüfung steht Pandis bevor: Angelos´ Eltern kommen zu Besuch.

MYKONOS LOVE STORY 5
Rape - Vergewaltigung

Angelos ertappt Paul bei einem vermeintlichen Seitensprung – ausgerechnet mit seinem Bruder Christos – und verlässt Paul.
Als sich herausstellt, dass sie Opfer einer Intrige wurden, wird Angelos' Bruder tot aufgefunden.

Und Angelos wird als mutmaßlicher Mörder verhaftet. Ein sehr persönlicher Fall für Kommissar Paul Markaris, (früher Pandis), in dessen Verlauf er selber zum Opfer wird – einer Vergewaltigung.

MYKONOS LOVE STORY 6
Der rosa Leopard

Die beiden schwulen Ermittler Paul und Angelos nehmen die ersten Anzeichen nicht ernst. Doch als immer mehr Partygäste auf Mykonos Opfer einer neuen Superdroge werden, kommen sie den Händlern schnell auf die Spur. Problem: Es sind Libyer von unvorstellbarer Brutalität.

Zuvor muss das Ehepaar Markaris noch eine weit schlimmere Klippe meistern: nach einem Einsatz in Athen - bei einer Geiselnahme -begeht Angelos einen Seitensprung – mit einer Frau. Das große Glück scheint vorbei.

MYKONOS LOVE STORY 7

Die Rückkehr der Leoparden

Noch immer sind Paul und Angelos, die beiden schwulen Ermittler aus Mykonos, hinter den libyschen Drogenhändlern her, die die Insel mit einer neuen Substanz überschwemmen. Und mit Folterdrohungen ganz Mykonos in Angst und Schrecken versetzen.

Doch dann wird Angelos entführt und gefoltert.

Als sich Paul auf die Suche begeben will, geschieht auf Mykonos ein Mord auf einem Kreuzfahrtschiff. Was hat Priorität für Kommissar Markaris? Natürlich sein Mann ...

MYKONOS LOVE STORY 8

Crash – Absturz!

Beim Landeanflug auf Mykonos zerschellt ein Airbus. Ein Horror für Kommissar Paul Markaris und seinen Ehemann Angelos, denn wie sollen zwei Ermittler und drei Inselpolizisten eine solche Katastrophe bewältigen? Zumal im Laufe der Untersuchungen klar wird: es war kein Unfall.

Auch privat geht es bei den beiden turbulent zu: Angelos stürzt – Verdacht auf Schädel-Hirn-Trauma.

MYKONOS LOVE STORY 9

Der tote Pelikan

Auf Mykonos ist man entsetzt: das Maskottchen der Insel – der Pelikan Petros – wurde massakriert. Als Paul und Angelos, die beiden schwulen Ermittler, den Täter aufspüren, hat dieser sich schon erhängt. Es ist der 17-jährige Enkel des örtlichen Richters, der kurz zuvor Angelos seine Liebe gestand. Als hätte Paul damit nicht schon genug am Hals: er hat auch noch Geburtstag und wird 54. Aber sein Ehemann, 28, zieht alle Register, um es keinen Trauertag werden zu lassen.

MYKONOS LOVE STORY 10

Photià-Feuer

Vor einem Beachclub findet man den Kopf des Friedhofsgärtners von Mykonos.

Leicht zu transportieren, denkt Kommissar Paul Markaris. Andererseits: wenig zu obduzieren.

Und dieser Mord kommt Markaris äußerst ungelegen. Denn zwei Tage, nachdem er und sein Mann Angelos in ihr gemeinsames Haus eingezogen waren, brannte es ab. Angelos wäre beinahe ums Leben gekommen. Und: es war Brandstiftung!

Griechische Brandung

Es waren noch zehn Meter, zehn endlose Meter.

Hinter sich hörte er heftiges Schnaufen.

Sie kamen näher.

Als er den Hof erreicht hatte, packte ihn eine Hand am Hemdkragen. Er kam nicht mehr voran.

Fünf Meter vor dem Ziel.

Plötzlich spürte er einen furchtbaren Schlag von vorne.

Und er hörte ein Krachen. Nein, er hörte und SPÜRTE ein Krachen.

In der Regel lautet bei einem Mord die entscheidende Frage: Wer ist der Mörder? Nicht so im vorliegenden Fall. Kommissar Paul Pandis von der Inselpolizei Mykonos quält zunächst ein anderes Problem: Wer ist das Opfer? Als er es endlich herausfindet, ist ihm klar, dass dies keine normale Ermittlung wird.

JENSEITS VON MYKONOS

Es war vorbei.
Seine Füße begannen zu versagen.

Immer wieder Wasser. Salzwasser. Es rann die Speiseröhre hinunter und brannte im Magen.
Sehen konnte er auch nicht mehr viel. Das Salz brannte auch in den Augen.
Er merkte, dass er immer öfter unterging.
Wer hat mich verraten? WER?
Dann kam die Erkenntnis: Es ist egal. Denn du bist tot.

Kommissar Paul Pandis steht ratlos in einer Kunstgalerie.
Auf einer Skulptur, einem blauen Stier, hängt eine Leiche, der Galeriebesitzer.
Und der war 94 Jahre alt.
Schnell ist Pandis klar, dass hier die Vergangenheit ihre Schatten wirft.

FSC
www.fsc.org

MIX

Papier aus ver-
antwortungsvollen
Quellen

Paper from
responsible sources

FSC® C105338